彼氏面するタノイエくん

★

ルネッタブックス

CONTENTS

Lunetta

一章　これで俺はあんたの彼氏だな

「ちゃんと彼氏のふり、してくださいねっ……！」

会議室のテーブルに押し倒された千珠《ちず》は、緊張で体を強張《こわば》らせながら、己にのしかかっている顔がよくて図体がデカい、ドーベルマンみたいな男の顔を見上げた。

（これで、いいんだよね……？）

中学時代のあだ名が『愛人』だった、見た目が派手なくせして中身が小心者の千珠は、目の前の田乃家《たのいえ》とかいう男の顔を見上げ唇を引き結ぶ。彼の顔は妙に迫力があって、気を抜いたら頭からがぶりと丸のみにされそうで、背筋がゾクゾクした。

そんな千珠の強がりに気が付いたのだろう。田乃家は彫刻刀で刻んだような美しい切れ長の目を細め、ニヤリと微笑《ほほえ》む。

「あぁ、勿論《もちろん》だ」

大きな手のひらで背中を撫《な》でられるような、色気ある声だった。

彼は押し倒した千珠の前髪を指でかき分けると、その形のいい唇を額に押し付け囁《ささや》く。

「これで俺はあんたの彼氏だな」

威圧的で偉そうな外見をしているくせに、その声色は妙に優しくて。

そういえば自分はこの男に下の名前を教えただろうか？

そんなことを思いながら、千珠は目を閉じたのだった。


今から二週間ほど前の六月中旬。梅雨《つゆ》入りしているのにもかかわらず夏日が続く蒸し暑い夜だった。

「俺、ひとり暮らししようと思ってんだよね」

「えっ？」

幼馴染《おさななじみ》の木村夏生《きむらなつき》の言葉に、ベッドでゴロゴロしながらカップアイスを食べていた千珠は、慌てて上半身を起こし、床に座った夏生の顔を上から覗《のぞ》き込む。

「なんでっ⁉」

「なんでって……俺ももう二十六だし。おかしなことじゃないだろ？」

夏生はスマホから顔をあげると、逆さまで覗き込んでくる千珠の髪をのれんのようにかき分けながらニコッと笑う。緩く波打ったくせ毛の下から、明るい茶色の目がキラキラと輝いて、こんな状況にもかかわらず思わずうっとり見とれてしまった。

（うっ……かわいいっ！）

彼のさりげない微笑みひとつで、文句を言ってやろうという気持ちが、しゅるしゅると音を立てて小さくなっていく。

おそらく夏生からは、千珠に特別効果がある『癒やしパワー』がにじみ出ているのだ。空気清浄機しかり、涼しい森の奥にある白滝のようななにかが。

「まぁ、そうね……私たち大人だもんね」

夏生のまっとうな意見に、去年末に仕事を辞めてから、実家で半年もダラダラしている自分が恥ずかしくなったが、それはそれだ。

千珠はサッと体を起こし、長い髪を手の甲で払い唇を引き締めた。

（いや、私だってそろそろ働こうかなって思ってましたから〜！）

誰に聞かせるわけでもない言い訳を脳内で繰り広げながら、ベッドから下り夏生の隣に腰を下ろす。

すると夏生が千珠の真っ白な太ももを見て、メッと厳しい表情になった。

「千珠。ま〜〜た、そんな短いパンツ穿《は》いて」

「普通のルームウェアだよ。これで外に出るわけじゃないし」

「エアコンで体が冷えるって言ってんの」

夏生が、千珠のむき出しになっている膝の上に、かいがいしくひざ掛けをのせる。実に手慣れた態度だ。

同い年なのに、いくつになっても妹扱いされているのは若干モヤモヤするが、彼には年の離れた小学生の妹がいるので、仕方ないのかもしれない。

それに夏生に甘やかしてもらうのは悪い気はしない。自分が彼のテリトリー内の人間だと感じられて嬉《うれ》しくなる。

ぎゅーっと抱きついて頬ずりしたい気持ちを押し殺し、

「会社の近くに引っ越すの？　いつ？」

緩む頬を引き締めながら問いかけると、

「今は一時間以上かかるからな～……。乗り換え不要なとこにしようかと思って。夏の引っ越しはきついから、引っ越しシーズンが落ち着いた十一月くらいをめどに引っ越すつもり」

それからいくつかの地名をあげて、夏生は軽く肩をすくめた。

夏生は都内の大手化粧品会社で営業として働いているが、柴犬を父に持ちゴールデンレトリバーの母から生まれたような男を営業に採用した人事は、なかなか見る目があると千珠は思う。

満点花丸をあげたい。

『いいお客様や上司、同僚に恵まれているだけだよ』と夏生はよく言うのだが、会社では若手のエースとして期待されているらしい。

夏生は非常に謙虚な男なのである。さすが『私の夏生』だ。

「ふぅん、そっか。夏生が一人暮らしするのって大学生のとき以来だね」

「ああ、そうだな」

夏生は千珠の言葉にまたはにかむように笑みを浮かべた。

そのたびになぞのキラキラ粒子が舞っている気がするが、これは千珠が夏生を見る目が特別なせいだろう。

「夏生が一人暮らし始めたら、遊びに行こっと」

「それもいいけどさ、引っ越し手伝えよな」

夏生がふっと笑って千珠の頭をくしゃくしゃと撫でまわした。

彼の大きな手に撫でまわされていると、それだけで胸がぽかぽかとあたたかくなり幸せな気持ちになる。ずっとこんな日々が続けばいい。そう願わずにはいられない。

「仕方ないなぁ〜。千珠さんが素敵にお部屋をコーディネートしてあげるからね」

アイスの最後のひとくちをスプーンですくって、夏生に差し出す。

夏生はなんのためらいもなくそれをパクッと口の中に収め、

「お前の趣味ってフリフリひらひらじゃん。落ち着いて眠れないから勘弁してくれ」

と、目を細めてクスクスと笑った。

ほんの少しだけ触れた二の腕から伝わる、かすかな振動は、千珠の心を揺さぶり、あたたかくする。

こういうとき、千珠は実感する。

（やっぱり、好き……！　夏生が大好き！）

昔から、千珠の胸を甘くときめかせるのはこの男しかいない。

木村夏生は生まれたときからそばにいる幼馴染だ。

二十五年前、双方の両親が新築の分譲マンションを購入し、同い年の赤ちゃんがいたこともあり、家族ぐるみで仲良くなった。

遠くの親族よりも近くの他人とはよく言ったもので、轟《とどろき》家と木村家はもはや家族のような安心感で繋《つな》がっているのだが、千珠にとって夏生は家族ではない。ずっと思いを募らせている初恋の男だ。

だが千珠が夏生に異性としての好意を伝えたことは一度もない。

理由は簡単、そんな勇気がないからである。

夏生が自分を女性として見ていないことくらい、とうの昔からわかっている。彼は千珠を妹のようにしか思っていない。告白したところで『ごめん。妹としか思えない』と振られるのは明白だ。

振られた挙句《あげく》なんでも話せる幼馴染という地位すら奪われて、そばにいられなくなるなら現状維持のほうがマシだと、かれこれ二十年以上、本気で思っているのだった。

「――それとさ……」

そんな中、唐突ともいえるタイミングで夏生がスマホを床に置き、なんだかモジモジしたように目を伏せる。

「ん？　どしたの？」

いつもはっきりものを言う夏生にしては珍しいなと首をかしげると、

「いや一人暮らしの理由。お前だけには本当のこと話すけど、好きな女の子ができたから、なんだ」

その瞬間、頭をガツンと殴られたような衝撃を受けた。

「えっ⁉」

「や～……なんか久しぶりに恋してるから、ちょっとハズイんだけどさ」

夏生は照れ照れと笑いながら、洗いざらしのくせっ毛を指でかき混ぜたあと、隣で体育座りをしたまま硬直している千珠をちらりと見つめる。

「ほら、お前いつも彼氏いるだろ。また相談のってくれるよな」

そう言う夏生の茶色の瞳は、飴玉《あめだま》のようにキラキラと輝いていた。

「――」

「千珠？」

夏生が軽く首をかしげて、無言の千珠の顔を覗き込んでくる。

ふわりとシャンプーの匂いが香って、我に返った。

「ん、んっ、うん、ごめんびっくりしちゃって！」

千珠は慌てつつ、いつものように冗談めかして肩をすくめた。

「勿論だよ、私は恋愛赤ちゃんな夏生と違って、中学から『スナック千珠』って言われてたくらいの恋愛相談マスターだからね～！　夏生の相談相手として私以上の人選はないわよ！　任せなさいっ！」

笑いながら胸のあたりをバシッと叩《たた》くと、夏生が「恋愛赤ちゃんってさぁ……」とボヤキながらもホッとしたように目を細める。

「まぁ、俺がなんでも話せるのは、まじで千珠だけだしな。頼りにしてるよ」

なんでも話せるのは千珠だけ。

彼の言葉は甘く千珠の心を締め付ける。

こういうときだけ『特別』扱いされてもなぁと思うと同時に、やはりどんなかたちでも夏生に頼られるのは嬉しい。

「うん、そうだね。大船にのったつもりで任せてよ……！　あは、アハハ……！」

千珠はしどろもどろに笑いながら幼馴染の背中をバシバシと叩き「あ——そういやドラマ見る時間だった」と唐突に立ち上がる。

「じゃあまたねっ」

「いつも俺の部屋で見るのに？」

という夏生の声には気付かないふりをして——。


木村家の玄関を出て五秒で到着するのが、千珠の実家である轟家だ。ドアを閉める音で千珠が幼馴染の家から帰宅したのに気付いた兄が、リビングから声をかけてくる。

「千珠、お茶ちょうだい〜」

「自分で淹《い》れて」

兄の言葉をぴしゃりと振り切って、千珠は自分の部屋に戻り、ふらふらとベッドに倒れ込んだ。そして枕をつかんで顔をうずめると思いきり叫ぶ。

「やだ〜〜！　夏生が彼女作るなんてやだやだ〜〜！」

そしてベッドに所狭しと並べられているぬいぐるみを腕に抱き込んで、セミダブルのベッドの上をゴロゴロと転げまわる。

そうやってひとしきり大暴れしたが、気は晴れなかった。頬が熱い。まだ頭がかっかしている。この熱をどう発散したらいいのかわからない。

「はぁ……」

千珠はベッドの上で大の字になりながら、かわいらしいミニシャンデリアが吊《つ》るされている天井を見上げた。

「夏生に彼女ができたとしたら、一年以上ぶりだよね……」

夏生は幼稚園時代からモテモテだった。小学校、中学校時代もモテていた。とっかえひっかえしてもいいくらいだが、サッカー一筋の部活大好き少年だったので、彼女は長い間作らないままだった。

だからこそ千珠は安心して夏生のそばにいられたのだが、なんと中三になったばかりの春に、夏生は突然彼女を作ったのだ。

『ずっと好きだったって言われたから……』

と、戸惑いながら答えた夏生の顔を、千珠は今でもはっきりと覚えている。

ずっと好きだった⁉

自分より夏生をずっと好きな女はいないはずなのに、どうして！

『誰よその女ぁ〜！』

心の中で叫んだが、時すでに遅しだ。

夏生は人のものになってしまった。これまで自分が一番夏生に近い女だと思っていたのに、その地位から転落してしまったのだ。

それから千珠は荒れた。

兄が伝説のヤンキーと呼ばれるようなヤンチャな男だったのもあり、悲しみを忘れるために兄にくっついてまわって『伝説のヤンキーのヤバい妹』として名を馳《は》せた。とはいえ受験もあるし、夏生に嫌われたくないので、夏生の前では『手芸大好きかわいいもの大好き家庭的な千珠ちゃん』というキャラクターを一貫して通してきたのだが——。

ちなみに夏生には千珠が知っているだけでも、今まで五人の彼女が存在している。

モテモテのくせに結構控えめな数字だなと思うが、実は全員、告白されてから付き合っている。

そして二、三年付き合って別れるの繰り返しだ。

そう、夏生は自分から告白したことは一度もない。だから若干安心していたのかもしれない。

今は仕事が一番楽しい時期だから、告白されても断っているはずだ、と。

だが今日夏生は『好きな女の子ができた』と言った。

もう付き合っているのだろうかと考えて、慌てて首をぶんぶんと振る。

「いや、まだその可能性は低いわ……」

夏生は千珠のことをなんでも話せる最高の幼馴染と思っているので、彼女ができたらできたと言うはずだ。だからまだそこまで関係は進んでいない。

文字どおり『好きな女の子』がいるだけだろう。

(でも、夏生に好かれて無視できる女の子なんている？　いるはずないじゃない……！)

彼は背が高くて顔もよくて女の子に優しくて、スポーツマンな上、一流企業でバリバリと働き若手のエースと呼ばれている、パーフェクト王子様なのである。

仮に彼氏がいたって、時期によっては別れる可能性だってある。

(昔付き合ってたモテモテ陽キャが言ってたもん……長く付き合ってる恋人がいる女性ほど、不満を抱えているから付け入りやすいんだって)

このままではあっという間に、カレカノの関係になってしまうかもしれない。

子供の頃とは違う。夏生も千珠も二十六歳の大人だ。次に付き合う女性とは結婚を考えてもおかしくないのである。

「よしっ、決めた……！」

千珠は涙をぬぐい、腕に抱いていたふわふわの手作りの犬のぬいぐるみ（仮想夏生）を持ち上げて唇を引き結ぶ。

「なりふり構っていられないわ。夏生の恋を成就させてなるものか……！」

そして長い片思いに終止符を打ち、今度こそ幼馴染の壁をぶち破って夏生の最後の女になってみせる！

千珠はその猫のような大きな瞳に、メラメラと闘志を漲《みなぎ》らせたのだった。


それから約二週間後——。

エール化粧品本社のエントランスは、始業前にしてすでに多くの人で賑わっていた。

さすが美と健やかな健康を追求する企業というべきか、年齢関係なく皆装いが美しく、その表情も生き生きしている。

（ちょうど私が無職だったのも、たまたま登録した派遣から提示されたのが、夏生の働いてる企業だったのも、かなりの狭き門を突破して採用されたのも全部偶然なんだけど、偶然も重なれば【運命】ってやつですよね～！）

千珠は内心ホホホと高笑いしながら、普段とはまるで違う地味目メイクとシックな雰囲気のローポニーテール姿で、受付の女性に丁寧に頭を下げる。

「今日からお世話になります。轟千珠と申します。よろしくお願いします」

「初めまして。持田麗《もちだうらら》といいます。わからないことがあればなんでも聞いてくださいね」

先輩にあたる受付女性は、ふわふわとしたとてもかわいらしい人だった。千珠と同じ、モノトーンの胸の下で切り替えが入ったワンピースに身を包んでいる。

(マシュマロみたいな女の子だなぁ。しかも『うらら』って……。名前までかわいいし)

轟千珠という、渋くて強そうな名前にコンプレックスがある千珠は、そんなことを考えながら彼女の隣に腰を下ろす。

目があった瞬間、麗は「今日から新しい人が来るって聞いていたんですが、轟さんがとてもきれいなのでドキドキしてしまいました……」とはにかむように微笑んだ。

その笑顔に思わずこちらまで照れてしまう。

(えっ、なにこの子、すっごくかわいいんですけど)

見た目だけでなく性格までキュートだ。

(身長は百五十五くらいかな？　少し垂れ目の二重でマスカラは控えめ、色白さんでもちもちして、うさぎさんみたいっ！　あ～どっからどう見ても、私がこうなりたいっていう理想の女の子だぁ～……！)

気が付けば千珠は獲物を狙《ねら》うタカのような鋭い眼差《まなざ》しで、白うさぎに似た麗を凝視していた。

中学時代からあだ名が『愛人』だった千珠は、身長が百六十五センチと少し高めな上に、ぱっちりと大きな猫目で、顔の造作がクール系寄りだ。せめて髪くらいふわふわさせたいと思っていたが、少々のパーマではびくともしない剛毛の持ち主で、仕方なくの黒髪ロングストレートである。

お世辞で美人と言われることはあるが、かわいいと言われたことは人生で一度もない。己の趣味と外見が一致していないのは、小学生の頃からの悩みでもあった。

内心、いいなぁ……と思いつつも、これぱかりはどうしようもない。

(仕事仲間だし、仲良くなれたらいいけど)

そんなことを思いつつ、業務内容のメモを取っていると、しばらくして麗が感心したように口を開いた。

「轟さん、前も受付の仕事をされていたんですか？　のみ込みが早いし、とても初めてには見えないです」

麗の発言に千珠は笑って首を振った。

「去年まで兄の知り合いのデザイナーの秘書をしていたんです。だから鍛えられてるのかもしれないですね」

前職のブランドの名前を口にすると、麗はぱーっと表情を明るくし「私、そこのブランドのお洋服持ってますっ」と興奮したように目を輝かせた。

「あぁ……持田さんにすごく似合いそう。めちゃくちゃガーリーですもんね」

千珠が働いていたのは、たっぷりのフリルにリボンやレースを使った完全国内縫製をうたった、職人の技術を売りにした高級ブランドだ。デザイナーは兄のヤンキー時代の友人で、その縁で短大卒業後に雇ってもらったのだが、なかなかにエキセントリックな中年男性だったため、必然的に千珠の秘書的能力も爆上がりすることになった。

「デザイナーだった社長が会社を売却してパリに住むとか言い出したから、辞めざるを得なくなって」

「そうなんですか～」

麗は何度も感心したようにうなずき、それから千珠を眩《まぶ》しそうに見つめた。

「デザイナーさんの秘書だなんて、かっこいいです。尊敬します」

まっすぐにこちらを見つめる彼女の視線に、千珠の顔はぽぽぽと赤くなる。

「いやいやそんな尊敬だなんて……秘書といっても、ほぼ雑用のなんでも係ですよ」

それは謙遜でもなんでもなく、ぶっちゃけると、例のデザイナーには真夜中にアイスを買いに行かされたり、嫉妬深い外国人の彼氏から意地悪をされたりという、本当に大変だった記憶しかない。

だが、カッコイイと言われると悪くなかった気がしてくる。単純な千珠だ。

そうやって、麗に仕事を教えてもらいながらの業務は、あっという間に時間が溶けた。

受付カウンターに設置されているデジタル時計が、お昼の十二時まであと十分にまで迫っていた。午前中は慌ただしく時間が過ぎたが、お昼前には落ち着くようだ。

受付はあとひとりいて、普段はふたりで回しているのだとか。そのもうひとりが今月いっぱいで仕事を辞めることになり、千珠は穴埋めで派遣されたらしい。

引き継ぎ期間もあるので、とりあえず慣れるまでは、ひとりでてんてこ舞いになるということはなさそうでホッとする。

(持田さんもかわいいし、癒やされるし……案外楽しく仕事できるかも)

そんなことを考えていると、

「千珠!?」

エントランスの遠くから声がして、スーツ姿の男がこちらに向かって足早に近づいてくるのが見えた。

(来た!)

そう、待ちに待った夏生の登場だ。濃紺のスーツに身を包んだ夏生は、遠くから見ても彼だとすぐにわかる一目瞭然《いちもくりょうぜん》のさわやかさである。

「お疲れ様です」

千珠はにやける頬を必死に引き締めつつ、たっぷりの余裕を含んだ笑顔でニッコリと微笑む。

「やっぱり千珠だ！　えっ、なんで!?」

カウンターに手をついた夏生が、身を乗り出し目をぱちくりさせて千珠の顔を凝視する。

「そうでーす。驚いた？」

えっへんと胸を張り、千珠はニコニコと笑みを浮かべた。

派遣先が決まったときも、夏生には内緒にしていたのだ。自分が受付に座っているところを見て、驚く彼の顔が見たかったので、この結果には大満足である。

「そろそろ働こうかなって言ってたでしょ？　驚かせてやろうと思って」

ワクワクしながら夏生に向き合ったところで、

「持田さん、こいつ俺の幼馴染で、家族みたいな存在なんですよ！」

夏生は千珠の隣に座る麗に向かって、向日葵《ひまわり》のような快活さで微笑みかけた。

自分ではなく、隣に座っている麗にだ。

「――」

それはキャッチボールを始めたつもりが、実はドッジボールだったと気づいたような、微妙な肩透かしだった。

夏生のなにげない言葉や視線が、千珠の心に刃《やいば》のように突き刺さる。

(あれ……?)

戸惑いながらも、千珠はぐっと飲み込んで幼馴染を見つめる。

一方麗は「えっ、そうなんですか?　すごい偶然ですね!」と驚いたように千珠と夏生の顔を見比べている。

「千珠は俺の自慢の幼馴染なんです。仕事もバリバリできるし、頼りになりますよ」

夏生は嬉しいことを言ってくれているはずなのだが、いまいち胸が弾まない。

いつものように、彼は千珠が大好きな太陽のような笑顔を見せてくれているはずなのに。

(や、ちょっと待って……)

じいっと夏生の顔を見ていると、麗に話しかける彼の目が、濡れたようにキラキラと輝いていることに気が付いた。

もしかして。もしかして——。

(夏生の好きな人って、持田さん……?)

二十年以上見てきたからわかる。夏生の瞳の輝きの違いに。

その事実に気づいた瞬間、胸の真ん中くらいがきゅうっと締め付けられて、背筋が震え、さらに吐き気までこみ上げてきた。硬い大理石の足元が、泥のようにぬかるんだように感じ、二本の足で立てていることすら不思議だった。

「よかったらこいつと三人で食事でも行きませんか？」

夏生はそこでようやく千珠へと目線を向ける。

「えっ、私ですか？　いいんですか？」

目を白黒させる麗だが、さらに夏生はふと思い出したように言葉を続けた。

「勿論……あ、そうだ、千珠。お前の彼氏も呼べばいいじゃん。そのうち紹介するって言ってただろ」

「えっ⁉」

いきなり話題を振られて、飛び上がらんばかりに驚いてしまった。

今、付き合っている男なんていない。そんなの急に言われても無理だ。だが夏生がこちらを見る目は完全にワンワンモードで『お願い！』と無言で語っている。

（でも……）

千珠はひくつく頬を必死に引き締めながら息をのむ。

要するに夏生は、麗を誘って食事に行きたいのだ。千珠が一緒なら断られる可能性が低い、と踏んだのだろう。

(でもっ……私がここを職場に選んだのは、夏生の恋を応援するためじゃなくて……)

カウンターの下でぎゅうっと拳を握る。こちらを見つめる夏生の瞳には千珠しか映っていない。

全幅の信頼を寄せる彼の眼差しに、千珠の心は千々に乱れる。

(夏生に頼られてる……)

胸の奥がぎゅうっと締め付けられて、泣きたくなった。

ああ、そうだ。千珠が大好きな子犬のような目で見つめられて、断れるはずがない。

夏生を喜ばせたい。好きな人には笑っていて欲しい。

そう思ったら千珠が折れるしかない。

本当に我ながら馬鹿としか言いようがないが、千珠は夏生の頼みを断ることなんてできないのだ。絶対に――。

千珠は、ふうっと息を吐き、

「――あの、持田さんがご迷惑でなかったら、ご一緒にどうですか?」

よそゆきの笑顔を浮かべながら、麗に微笑みかけた。

「あ、私も……私も、轟さんと仲良くなりたいです！　お食事、行きましょうっ」

その瞬間、麗はパッと表情を輝かせると、またはにかむように千珠を見つめる。

自分とは真逆の砂糖菓子かマシュマロみたいな女の子。

（この天使みたいにかわいい子が、ライバル……？）

嬉しそうな夏生の笑顔に胸が苦しくなったが、必死に飲み込む。

「轟……千珠……？」

そして、カウンターから少し離れた場所で、凍り付いたように立ち尽くしている長身の男には、気付かないままだった。


「はぁ……えらいことになってしまった」

昼休み、お弁当を食べ終えた千珠は、ひとりで社員食堂の窓に面したカウンター席に座り、ぼんやりと外を眺めていた。

目の前には東京のオフィス街らしい高層ビルの景色が広がっている。

夏生と同じ職場で働くことになったのはよかったが、存在しない彼氏を含めた四人で食事をするという、無理難題を押し付けられてしまった。

なんとかして約束の金曜日までに彼氏を作らねばならない。

（夏生とはけっこう友達がかぶってるから、知り合いは無理……。こうなったら適当にマッチングアプリで男を見繕うしかない……！）

ぬるくなった緑茶をちびちびと飲みながら、千珠は開き直って有名どころのアプリをダウンロードする。

(もうこの際、誰でもいいわ!)

真面目な付き合いなど望んでない。夏生以外の男との、未来も将来もいらない。

ぶっちゃけてしまえば出会い厨《ちゅう》でもいい。とりあえず金曜の食事を乗り切りさえすればいいのだ。

(それにしても、彼氏いるふりなんてするんじゃなかった……いないって言えばよかった)

単純に夏生に頼られたかっただけなのだが、後悔先に立たずとはまさにこういうことをいうのだろう。

ダウンロード画面をぼんやりと眺めながら、千珠は「はぁ……」と重々しくため息をついた。

千珠はこれまで、夏生の前では恋多き恋愛体質の女として振る舞っていた。

実際、夏生が初めて彼女を作ったときも、散々落ち込んだあと即座に彼氏を作った。孤独に耐えられないという理由からの衝動的な行動だったが、これは結果うまくいった。

千珠が初めて付き合った相手は兄の後輩のチャラチャラしたイケメンで、とにかくフットワークが軽い、いわゆる陽キャと呼ばれるような男だった。

夏生を思うような気持ちには最後までなれなかったが、一緒にいると楽しいし毎日笑って過ごせた。残念ながら彼の大学進学とともに自然消滅してしまったが、初めての彼氏なんてそんなものだろう。

そうして、千珠がなんとか失恋の傷をごまかしているのと同時進行で、夏生が千珠に頼ってくるようになった。夏生はモテモテのくせして恋愛が非常にへたくそだったのだ。

『なぁ、千珠。ちょっと相談のってくれないか？　俺、あんまり彼氏っぽいことしてくれないって怒られてさ』

苦笑している夏生を見て、千珠は腹が立った。

夏生にではない、相手の女にだ。

真面目な夏生は自分が悪いと反省して己を変えようとしているのに、勝手に好きになっておいて、自分の理想と違うと不満を口にする女に、腸《はらわた》が煮えくり返った。

『夏生が無理して付き合う必要ないと思うけどっ！』

いっそ別れればいいのにと本気で憤慨する千珠に、

『でも、せっかく好きになってくれたんだし。俺が頑張ればいいことなら、そうしたいなって』

仏のような夏生はそう言って、それほど好きではない電話をマメにかけたりして、彼女のためにあれこれと尽くしたようだった。

（私なら、もっと夏生を大事にするのに……）

苦手なことを頑張らせたりしない。デートに行くのにおっくうだなというような顔をさせたりしない。ため息なんてつかせない。

そう思ったが、自分の気持ちを言葉にすることはしなかった。

勇気がない自分よりも、夏生に告白する勇気がある女の子たちのほうが、ずっと正しく強いという事実からは、目を逸《そ》らし続けていた。

そのかいあってか、彼女が変わるたび、夏生は千珠になんでも相談するようになった。完全に男友達と同じレベルだが、それでも千珠は嬉しかった。

『千珠のおかげで俺、なんとか彼女とやってける気がするよ。ほんと頼りにしてる』

ニコニコしながらうなずく夏生の笑顔に、何度喜び、悲しみに泣きたくなっただろう。

本当は彼女とうまくいって欲しくないのに、夏生に信頼に満ちた目で見つめられるたび千珠は『夏生の相談相手』として甘えてもらえる喜びを、忘れられなくなってしまった。

そしてつい先日も、夏生に『恋愛マスターさん』と言われて『まぁ、なんでも相談してよ』と応えてしまったのだ。

夏生が『四人で食事しようよ』と引き合いに出したのも、仕方のないことなのである。

「はぁ……」

愚かにも、自分で自分の首を絞めている。

今日、何度目かの深いため息をつきながら、スマホの液晶画面を見つめた。

ちなみに去年まで付き合っていた男は合コンで知り合ったのだが、束縛が強く女は男に尽くして当然という、そこはかとない男尊女卑が若干うっとうしい男だった。

(でも、髪の触った感じが、ちょっと夏生に似てたんだよね……)

ふわふわで柔らかくて、指通りがよくて。彼と抱き合うとき、目を閉じれば夏生だと思えなくもなかった。

抱かれているときに好きな男のことを考えるなんて、我ながら最悪なことをしている自覚はあるが、向こうだって別に千珠を愛しているわけでもなんでもない。

自分をいい気分にしてくれる、都合のいい女が欲しかっただけだ。

昔からの友人たちは千珠のことを『ダメンズ好き』『幸せになれないタイプ』とからかうが、千珠が選ぶ男は、いつも似た系統が多かった。

千珠を適当に扱う男としか恋人になれない。どうせ誰と付き合っても夏生ほど好きにはなれないから、向こうもいい加減なくらいでちょうどつり合いが取れる。むしろ真剣に好きになられたら、申し訳ないと逃げたくなってしまう。

千珠は決して、夏生以外の男性に恋をしたりしないから。

そしてまた今日も、結末はわかり切っているというのに同じ轍《てつ》を踏み、ずぶずぶと泥沼にはまっていくのである。

（とりあえず金曜日を乗り切れたらあとはどうでもいい。手っ取り早く出会いを求めてそうな男を選ぼう！）

善は急げだ。千珠はキリッと表情を引き締めたまま両手でスマホを握りしめ、急いで自分のプロフィール画面を入力していると――。

「あんた、恋人募集中なのか」

背後から低い声がした。

社員食堂はざわざわとうるさいのに、なぜかその声ははっきりと千珠の耳に届いた。

「は？」

背後を振り返ると、社内にあるコーヒーショップのカップを持った知らない男が立っていた。

頭のてっぺんからつま先まで見つめたが、千珠が知っている誰でもない。首から社員証をぶら下げているところを見ると、エール化粧品で働いている社員なのだろう。

（誰、この人……）

年の頃は二十代後半くらいだろうか。

美しい艶のある黒髪に彫刻刀で掘ったような切れ長の目に細く高い鼻筋。意思が強そうな唇はまっすぐに結ばれているが、ちらりと覗く白い歯は歯並びがきれいで清潔感があり、どこをどう見ても隙がない。

自分の価値はよくわかっているといわんばかりの余裕と、威圧感がある。身長は百八十を優に超えているし、鍛えているのだろう、胸板も分厚かった。

スーツは胸と肩で着るものだと聞いたことがあるが、まさに彼自身がショーウィンドウに飾られていてもおかしくない、そんな雰囲気だ。

（高そうなスーツに時計と靴……顔とスタイルはものすごくいいけど性格悪そ〜……！）

だが通りすがりのイケメンになにを言われようが、どうでもいい。

『恋人募集中』だったらなんなのだ。この男には微塵《みじん》も関係ないはずである。もしかしたら派遣だから舐《な》められているのかもしれない。

「昼休みに彼氏探しちゃまずいですか？」

千珠はいつもより一層冷めた目線と声でそう言い放つと、男から顔を逸らしてスマホに目を戻す。

業務中ならまだしも、休み時間に社員食堂の隅っこでスマホを見て、なにが悪い。

だが男はそのまま千珠の隣に座って、頬杖《ほおづえ》をつき「俺がなってやろうか、彼氏」と言葉を続けた。

「は？」

一瞬なにを言われたかわからず、千珠はスマホから顔をあげ、改めて男の顔をマジマジと見つめる。

至近距離で見ると、その造形美に思わず見とれてしまうくらい彼は圧倒的だった。

たいていの男は女性の冷たい視線には敏感で『失《う》せろ、消えろ』と目に力を込めれば、引くものだ。だがこの男は千珠の冷ややかな視線もなんのその、堂々と真正面から受け止めて動揺している気配がまるでない。

（大物……！）

とはいえ『彼氏になってやろうか』と言われて『はい』とうなずくはずがない。

「なにばかなこと言って……」

こんな男に構っている暇はない。今は一分一秒が惜しい。もう一度スマホに目を向けた瞬間、ひょい、とスマホを取られてしまった。

「あっ、なにするのよっ」

「彼氏含めて四人で、受付で食事に行こうって話してただろ」

「……っ」

男の言葉にさーっと血の気が引く。

「ほんとは彼氏なんていないんだろ。だから慌てて探してる」

「ぐぅ……」

男はニコニコと腹黒にしか見えない微笑みを浮かべて「場所を変えて話そう」と千珠の腕を引いたのだった。

男が千珠を連れ込んだのは、ＰＲ部門などがあるフロアのミーティングルームだった。会議で使われる楕円状《だえんじょう》のデスクと椅子が六つ、ホワイトボードが置いてあるだけの部屋である。休憩時間に勝手に使っていいのだろうかと思ったが、部屋に入るやいなや、男は入り口を背に立ち、所在なさげに立ち尽くしている千珠に向かって、首にかけていた社員証を外し差し出してきた。

「田乃家健太郎《たのいえけんたろう》。二十七歳、独身。エール化粧品ＰＲ部門所属」

いきなりの自己紹介に戸惑いつつも、一応社員証を受け取りじっと見つめる。

とりあえず彼の言うことに嘘《うそ》はないようだ。

「さそり座のＯ型。両親と祖父母は健在、姉がひとりいる」

「はぁ……」

さそり座ということは十月か十一月が誕生日で、二十八歳だ。千珠は十二月に二十七になるので、ひとつ上の先輩ということになる。

（ひとつしか変わらないのに、めちゃくちゃ偉そう……）

夏生がゴールデンレトリバーと柴犬の具現化としたら、この男はシェパードとドーベルマンのミックスのような雰囲気だ。黒くてデカい。とにかく威圧感がすごい。

(夏生のさわやかさとかわいさを、地球上の男どもは全員見習って欲しいわね)

そんなことを考えながら社員証を返し、強気な気分で腰に手をあて田乃家を見上げた。

「轟です。それで、彼氏になってくれるってどういう意味ですか？」

「言葉どおりで、それ以上の意味はない」

田乃家は美しい黒髪をかき上げながら、切れ長の目を細める。

アプリで探そうとしていたら社員食堂で恋人候補が現れた。意味がわからない。

「そんなことをして、あなたになんの意味が？」

千珠は不信感を隠すことなく尋ねる。

そもそも受付でのやりとりと、アプリでその場限りの彼氏を適当に探そうとしている姿を見たのなら、千珠が真剣に恋人を欲しがっているわけでもなんでもないことが、わかっているはずだ。

「私、とりあえず友人との週末の食事会に、彼氏のフリしてついてきてもらえたらそれでいいんですよ。彼氏(仮)《かっこかり》なので、あなたにメリットはないと思います」

するとと彼は軽く肩をすくめて首を振った。

「メリットならあるよ。社内に恋人がいたら、俺に近づく女が減るだろ」

「ヒッ……！」

傲慢かつ上から目線の返答に、千珠は思わず悲鳴をあげてしまった。

（なるほど……女除《よ》け……！　それを言っても許されるビジュアルではあるけれども！）

千珠的には全然タイプではないが、確かにこの容姿なら社内の女子は放っておかないだろう。なんなら外を歩いているだけで、フラフラと女子が寄ってくるのではないだろうか。

「普通に彼女作ったらどうですか？」

そのほうがよっぽどまともで健全だと思う。

自分のことは棚にあげてそう言うと、田乃家は軽く肩をすくめ、腰に手を当てて千珠を見おろした。

「そんなコストかけてられるか」

傲慢な態度にふるまい、口調も眼差しも、なかなか板についている。

「あっ、なるほど～」

出た、コスト。タイパ。いかにも現代の若者だ。

要するに今は手間暇かけてまで恋人が欲しいとは思わない、ということらしい。

これ以上ない理由に、千珠ははぁ……とため息をついた。

「あんたも俺も、とりあえずの恋人が欲しいのは同じだろ？　俺たちは利害が一致してる」

「まぁ、確かにそうですね」

とりあえずこの男を食事会に連れていけば、アプリで適当な男子を見繕わなくても済む。それから適当なときに「別れた」ことにすればいいだけだ。

（私もこの男と同じだな）

彼の形のいい唇から出た女除けの言葉に、ドン引きする権利など千珠にはないのだ。

今さらながら自分のやっていることに虚《むな》しさを感じるが、仕方ない。

「わかりました。じゃあ田乃家さんに彼氏役をお願いしてもいいですか？」

千珠は体の前で自分の肘を抱くようにして腕を組み、改めて田乃家を見上げた。

「ああ、よろしくな」

田乃家はやんわりと微笑んで、そのまま一歩、二歩と距離を詰めてくる。

「え、あ、はい……」

上背があるので近づかれるだけで圧迫感がある。

一番身近な男である夏生だって百七十五はあるので決して低くはないのだが、この田乃家はさらに十センチは高い。

（いや、威圧感がすごいのよ……）

近づかれた分、じりじりとあとずさるとテーブルにお尻がぶつかる。

「あっ……」

もう下がれない。

思わずテーブルに手をついたところで、

「ということで」

なんと田乃家は頬を傾けて千珠の唇にキスをしたのだった。

「！？！？！？！？！？」

一瞬、なにをされたかわからず頭が真っ白になる。だが唇の表面をちゅうっと吸われて我に返った。

（キスされた！）

そのまま右手を彼の頬に向かって振ったが、サッとよけられる。

まるで殴られるのがわかっていたかのような俊敏な動きだ。

「ちょっと！　なんで逃げるのよ⁉」

「女にぶたれて喜ぶ趣味はないんで」

しれっと答える田乃家に、千珠はあっけにとられてしまった。

（なにこの男、信じらんないっ……！）

勝手にキスされた驚きで、謎《なぞ》の感情がふつふつと湧き起こってくるが、言葉が出てこない。

「約束の金曜日までに彼氏彼女らしく振る舞えるよう、スキンシップが必要だろ？」

「は？」

「このままじゃ疑われるし」

田乃家は地まつ毛とは思えないほど長く濃いまつ毛を伏せて、低い声で囁いた。

「大丈夫。俺たちはもう恋人だよ」

彼は腹の奥に響くような低く甘い声で、とんでもないことをしれっと口にする。

「や、気持ちが追いついてませんけども！」

ひぃいと青ざめ震える千珠を見て、田乃家はなんだか面白いものを見たように、くつくつと肩を揺らして笑い始める。

「だからこうやって仲良くしようって言ってるんだろ」

千珠はわなわなと震えながら、奥歯をかみしめた。

（ははーん！　さてはこいつ……すっごい遊んでるな⁉）

千珠が敵意たっぷりの目で田乃家を見つめると、彼は切れ長の目を細めて問いかける。

「やっぱりアプリで探すか？　そりゃあ適当な男は見つかるだろうけど。そこから週末に彼氏だって紹介するには時間が足りないんじゃないか？」

「くっ……」

ああ言えばこう言う田乃家に、千珠はうめき声をあげる。

だが残念ながら田乃家の言うとおりだ。せめてもう少し先だったらなんとかアリバイ工作もできる気がするが、食事会は金曜日だ。赤の他人に『恋人のふり』をしてもらうのは難しいだろう。

「田乃家さんは、ちゃんと、私と付き合ってるふりしてくれるってことですか？」

「ああ。もちろんだ」

田乃家は当然と言わんばかりに肩をすくめる。

「俺だって女除けのためにあんたと付き合うんだ。条件は同じだろ？」

「まぁ、そう言われればそうですね……」

そうなのだが、信じていいのだろうか。

千珠はうなずきながら田乃家を見上げる。

千珠は夏生についた嘘を本当にするため。

田乃家は女除けのため。

それぞれに恋人が必要で、でも本気でお付き合いしたい恋人を探しているわけではない。

（ちゃんと恋人が欲しい人だったら申し訳ないけど、そうじゃないってことよね……？　見知らぬ女に、女除けのために恋人にならないかって持ちかけるくらいだし……。だったらまぁ、いいか。お互い様だと思えばいいだけで……）

これもすべて夏生のためにすることだ。

好き合っている同士ではない。恋をしているわけでもない。

田乃家がどういう男かなんて正直どうでもいい。

そもそも世間の恋人のすべてが、大恋愛で付き合うわけでもないはずだ。

打算だったりただの性欲解消だったり、人恋しさを紛らわすためだったり、他人への見栄だったりもあるだろう。

そう思うと、ようやく気持ちが定まった。

「――わかりました。あなたと付き合います」

はっきり言葉にすると同時に、

「じゃあ、続きをしようか」

田乃家はもっともらしい顔で、頬を傾けその顔を近づけてきた。

間近に迫る彼からはふわりと上等な香水の香りがして、千珠の心臓はドキドキと脈打つ。

割り切ったつもりの頭の中で、危険信号という名のシグナルがチカチカと点滅していた。

「ちゃんと彼氏のふり、してくださいねっ……！」

会議室のテーブルに押し倒された千珠は、緊張で体を強張らせながら、己にのしかかっている、顔がよくて図体がデカい、ドーベルマンみたいな男の顔を見上げる。

（これで、いいんだよね……？）

中学時代のあだ名が『愛人』だった、見た目が派手なくせして中身が小心者の千珠は、田乃家の顔を見上げ唇を引き結ぶ。

気を抜いたら頭からがぶりと丸のみにされそうで、背筋がゾクゾクした。

そんな千珠の強がりに気が付いたのだろう。彫刻刀で刻んだような美しい切れ長の目を細めながら、ニヤリと微笑む。

「あぁ、勿論だ」

大きな手のひらで背中を撫でられているような、色気のある声。

（無駄に顔も声も体もいいな……まぁ、全然タイプじゃないけど……ほんと全然っ、まったくタイプじゃないですけどっ！）

正直言って、この田乃家とかいうポッと出の男にどう思われようが、千珠は痛くもかゆくもない。

これはただの彼氏のふりだし、恋人ごっこなのだから。

「——千珠」

田乃家は押し倒した千珠の前髪を指でかき分けると、その形のいい唇を額に押し付け囁く。

「これで俺はあんたの彼氏だな」

威圧的で偉そうな外見をしておいて、その声は妙に優しくて。

そういえば自分はこの男に下の名前を教えただろうか？

そんなことを思いながら目を閉じると、するりと彼の舌が滑り込んできて、口蓋《こうがい》を舐める。

千珠の唇から甘い吐息が漏れた。

「ん、あ……」

いきなりのことに千珠はびくっと体を振るわせたが、田乃家の口づけはあっという間に千珠を手懐けていく。

なんということだろう。田乃家はキスが死ぬほど上手だった。

彼の舌は千珠の口内を滑らかに動き回り、優しく撫でつけたり、敏感な部分をこすり上げながら、的確に千珠のツボを突いてくる。

「んっ……」

とろけるような口づけに眩暈《めまい》がする。

頭の隅っこで理性が『勤務初日、会社の中でこんなことをしていいのか？　いや絶対によくないと思いますよ？』と窘《たしな》めてくるが『気持ちよすぎて拒めない……』と社会人失格な自己弁護が頭をよぎる。

「ほら……俺のことが大好きな彼女って顔しなきゃ、嘘がバレるぞ。いいのか？」

田乃家はちゅ、ちゅっと瞼《まぶた》や額に口づけを落とし、それからまた口の中に舌を滑り込ませる。

ミーティングルームは完全防音だったはずだが、それほど広くないこの部屋に濃密な空気が満ちている気がして、なんだか妙に気恥ずかしい。

「んっ……」

受付嬢の制服は胸の下で切り替えが入ったストンとした形のワンピースで、締め付けられているところなどなにひとつないのだが、なぜか体がじりじりと痺《しび》れて、頭がぼうっとする。

このまま溺れてしまいたいくらいに――。

だが体感三十分のキスは、唐突に終わった。

ふと体を起こしてスーツの内側から携帯を取り出し、渋い表情になる。

「チッ……」

おそらくメールか着信があったのだろう。

(今この人、舌打ちしたな)

と思ったが、悪の幹部顔だったのでよく似合っているとも思った。

田乃家はすばやくメッセージを送ったあと、ぼんやりとテーブルの上に座っている千珠を見て、それまでの不機嫌顔が嘘のようにふっと笑みをこぼす。

それは花がほころぶような自然で優しい微笑で、一瞬で目を奪われてしまった。

「ぐちゃぐちゃにしてごめん」

そして彼は千珠の乱れた前髪を指でサッと整えると、

「あ、そうだ。あとで打ち合わせしよう。じゃあまたな、千珠。午後も仕事頑張ろうぜ」

と言い、頬にちゅっと触れるだけのキスをして、ミーティングルームをスタスタと何事もなかったかのような顔をして出ていった。

「……」

バタンと閉まるドアの音を聞いて、千珠はハッと我に返り自分のほてりきった顔を両手で挟む。

女に興味なんかありませんというようなクールな顔と態度で、女を殺すキスをする。

そのくせ別れ際に髪をなおし、触れるだけのキスで『またな』とさらっと立ち去る。

「な、な、なんなのよあの男～～！！！」

千珠の全身は火をつけられたかのように熱くなり、真っ赤に染まった。

キスされたくらいであの男に好意をもったとか、そんなことではない。ただ妙に優しくされた気がして、恥ずかしくてたまらなくなったのだ。

（こういうの慣れてないから、ほんと困るよ……！）

千珠の心からの叫びは、静かにミーティングルームの防音壁に吸い込まれていった。

その後、なんだかふわふわした気分で仕事を終えた千珠は、ロッカールームで着替えながらぼんやりと考える。

（あれ、本当に私の身に起こったことなのかしら……）

突然彼氏になった田乃家のキャラクターとその後のキスが強烈すぎて、なんだか夢でも見ていたような気がする。

勤務初日にして怒涛《どとう》の展開だ。

「はぁ……」

ため息をつきつつ制服を脱ごうとしたところで、ポケットになにか入っていることに気が付いた。指先でつまんで取り出すと、なんとそれは『田乃家健太郎』の名刺だった。

「ん……？　えっ⁉　いつの間に！」

キスしている間に差し込まれたのだろうか。

しばらく名刺を眺めていたが、そういえば田乃家が『あとで打ち合わせをしよう』と言っていたことを思い出した。

確かにいきなりぶっつけ本番で恋人ごっこは難しい。夏生は千珠の幼馴染で、ほぼ家族である。彼を適当な言葉でごまかすのは不可能だろう。

少し迷ったが、千珠はバッグからスマホを取り出して、田乃家の携帯に電話をかけることにした。

プルル——。

まだ仕事中かもしれない。

ふと、キスの最中に舌打ちしていた田乃家の顔を思い出し、切ったほうがいいかと迷ったところで『——はい。田乃家です』と声が響く。

「あっ……と、と、轟ですけどっ……」

彼のキスを思い出して片言になってしまった。するとスマホの向こうで『ちょっと待って』と声がして、コツコツと靴音が響く音が聞こえた。

どうやら場所を移動したらしい。

(相手のペースにのまれないようにしなきゃ……)

ドアが閉まる音と同時に『ごめん、待たせた』と田乃家が囁く。耳をくすぐる田乃家の声が思いのほか近くて、ドキッとしてしまった。

「別に、それほどでも……私もいきなりかけたので」

『なんだ。電話だとお行儀がよくなるんだな』

からかうような口調はやたら魅力的に耳に届いて、心臓に悪い。

「なっ……もう、そういうのやめてください」

千珠は若干ふてくされながら、唇を尖《とが》らせた。

スマホを通した田乃家の声は、体の芯に響く艶がある。背が高く胸板が厚い彼の体は、美しい声まで生み出すらしい。

（いやいや、電話でじゃれてる暇なんかないんだからっ）

このままだと主導権を握られそうな気がして、千珠は慌ただしく口を開いた。

「その、私たちのことについて、打ち合わせ、したいんですけど」

『ん、そうだな。あと三十分くらいで出られるから、会社の向かいにあるコーヒーショップで待っててくれるか』

「――わかりました」

『ごめんな。なるべく急ぐから』

田乃家は甘い声で囁いて、そのまま通話は切れてしまった。

（いやほんと、無駄にいい声すぎない……？）

千珠はぎゅっと目を閉じてスマホを握ったまま、心の中で地団太を踏む。

別に声フェチではなかったはずなのだが、田乃家の声が良すぎて妙にドキドキしてしまう。

（私の馬鹿。聞きほれてどうするの……！）

千珠はきりっと唇を引き締めると、いそいそと着替えて軽くメイクを直し会社を出る。

田乃家が言っていたコーヒーショップはすぐにわかった。

どこにでもあるチェーン店のカフェだが、店内はそこそこにぎわっている。

仕事初日で疲れも感じていた。うんと甘いものが飲みたくて、ホットキャラメルラテとチョコチップクッキーを注文して周囲を見回した。

ちょうどフロアの端のほうの二人用のテーブルが空いていたので腰を下ろす。

厚手のカップになみなみと注がれたラテを一口飲み、クッキーをかじると、その甘さに疲れが取れる気がした。

しばらく頭を真っ白にしてぼんやりしていると、脳内に田乃家の姿がほわわん、と浮かぶ。

（嘘でも付き合ったきっかけとか、考えておいたほうがいいのかな……）

千珠は頬杖をついて、脳内で田乃家との出会いを捏造《ねつぞう》し始める。

よく行く店の常連で、たまたま話すようになり、最近付き合い始めた。

合コン、友人の紹介。ＳＮＳで知り合った。

マッチングアプリ、等々――。

いろいろ考えたが、どれも田乃家という強烈な男のイメージにそぐわない。

おそらく彼が、千珠が今まで付き合ってきたどの男とも違いすぎるせいだろう。

（とりあえず田乃家さんが来るのを待ったほうがいいかな……）

人心地ついたところで、ぼんやりとSNSをチェックしたり、ひそかに推している動物園のカピバラの動画を見たりしていると、

「仕事帰り？」

と、声をかけられた。

「え？」

隣の席にいたスーツ姿の男性が、まるで通販番組のMCのような嘘っぽい笑みを張り付け微笑んでいた。

「ええ、まぁ……」

年は四十代くらいだろうか。仕立てのいいスーツを身にまとっているが、声のかけ方といい、これはナンパの常とう手段だろう。

相手が誰であれナンパの時点で百パーセント『ナシ』なので、千珠はいつものツンツンモードですいっと目を逸らしスマホに目を落とす。

「この近くで働いてるよね？　横断歩道を渡ってくる姿がきれいで、気になったんだよ」

「――」

店に入ってくる前からどうやら目をつけられていたらしい。もしかしたらエール化粧品から出てくるところすら見られていたかもしれない。

男の発言に、千珠はスマホを握りしめたまま『怖すぎる〜〜！』と、心の中で悲鳴をあげた。早々に立ち去りたいと思ったが、出ようにもラテもまだなみなみ残っているし、クッキーはかじりかけだ。

（ナンパのせいでラテ飲めないなんて絶対やだ！）

千珠は小さくため息をつくと、

「待ち合わせしているので」

と、やんわり微笑みつつ、きっぱりと言い切った。

だから話しかけてくるなという意味だったのだが、男はなぜかさらに口を開く。

「友達かな？　だったらその子の分も奢《おご》ってあげるよ」

奢って欲しいなんて一言も言ってないのに、なぜか決めつけられてぞっとする。

「かっ……彼氏です。恋人と待ち合わせしていますっ」

思わず反射的に言い返してしまっていた。

「え、彼氏？　ほんとに？」

「ほ、本当ですっ」

「まぁ、きみきれいだから彼氏くらいいるか。でもそれって本命？　セフレとかじゃなくて？」

男はなぜかにやにやしながら身を乗り出す。

（いや〜〜〜！！！！）

全身にぷつぷつと鳥肌が立った。

我慢ならなくなった千珠が席を立ち上がろうとしたところで、

「——俺が待ち合わせしている彼氏だけど」

頭上から低い声がした。

驚いて顔をあげると田乃家が肩で息をしながら、隣の男をにらみつけているではないか。

「これ以上しつこくするようだったら、店員呼びますよ」

ただでさえ怖い田乃家の顔は、さらに凶悪になっていた。同じ会社と知らなかったらその筋の人ですか？　とお尋ねしたいくらいである。

「あっ、いやっ……そういうわけじゃないよ。はは、ハハハッ……冗談冗談っ……！」

田乃家の迫力にナンパ男は慌てたように立ち上がり、トレイをそのまま置いて足早に店を出ていってしまった。

「なんだ、あいつ……」

田乃家は軽くため息をつくと、その場に残されたトレイをさっと手に取って所定の場所に戻し、それからアイスコーヒー片手に戻ってくる。

「待たせたな」

そして何事もなかったかのように千珠の前に腰を下ろしたのだった。

「田乃家さん……もしかして走ってきてくれたの？」

「待たせてるんだから、急ぐのは当たり前だろ」

そう言って彼はアイスコーヒーのストローをくわえる。

「仕事だから仕方ないのに」

「まぁ、仕方ない面もあるけど、それを当然って思うのは違うだろ」

田乃家は軽くため息をつくと、ふとなにかに気づいたように顔をあげた。

「さてはお前、そういう男とばかり付き合ってきたな？」

「うっ……」

痛いところを突かれて、千珠は思わず胸元に手を当ててしまった。

「なんで？」

田乃家が意味深に目を細める。

「なんでって……」

夏生にかれこれ二十年以上片思いしている千珠は、わざとそういう男性を選んで付き合っていた。自分が誠実でない以上、真面目に千珠を好きでいてくれる人に悪いと思うから、千珠を大事にしない男と付き合う。向こうが本気じゃないなら、自分も本気で付き合う必要はない。

だがそんなことを田乃家に話すつもりはなかった。これはあくまでも千珠一人の問題だ。

「――別にいいでしょ。私がそういう女なんです。それだけよ」

「ふぅん。そうか」

田乃家は頬杖をついて軽く受け流すと、アイスコーヒーの残りを一気に飲み干して、じいっと食い入るように千珠を見つめた。

彼の切れ長の瞳は、つやつやと輝いていて、心の奥底まで見透かされているような不思議な気分になる。

彼は千珠のなにを知りたいのだろう。

(私たちは恋人(仮)の関係でしかないのに……知ってどうするのよ)

心のざわめきが止まらない。

千珠はその眼差しの意味を、これ以上考えたくはなかった。ふいっと彼から視線を逸らし、何事もなかったかのように口を開く。

「それで、今週の金曜日のことだけど」

「あぁ、食事会な」

「一緒に行く相手は、営業の木村夏生と受付の持田麗さんです。ちなみに夏生は幼馴染で、家も隣なんです。保育園から高校までずっと一緒で――……」

かちゃん、と音がして、見るとテーブルの上にグラスが横たわっていた。

「大丈夫?」

飲み切っていたので、大きめの氷がいくつかグラスの外にこぼれただけのようだ。

「ああ、いや。大丈夫。ごめん」

田乃家は珍しく動揺したように、氷をつかんでグラスに戻す。

そして軽くため息をついて胸元からブルーのハンカチを取り出すと指先をぬぐった。

(ハンカチにもぴしっとアイロンかかってる……)

その人のちょっとした持ち物で、性格や普段どういう生活をしているのか、わかるものだ。

「田乃家さんって、一人暮らし?」

何気なく尋ねると、彼はかすかに目を見開き、それから色気たっぷりに唇の端をにやりとあげた。

「そうだけど。なに、うち来たいの? いいよ。泊まっていけば?」

そう言う彼には、さっきまでの動揺はもう微塵も見えない。

いきなり泊まっていけなんて冗談だとわかっているのに、田乃家が本気っぽく見えてあからさまに動揺してしまった。

「あっ……そうじゃなくてっ……ハンカチもアイロンかかってて、自分でやってるのかなって……もうっ……」

ふてくされる千珠に田乃家はまぁまぁ、と目を細める。

「アイロンは持ってない。ハンカチも全部クリーニングに出してる。ほかになに知りたい？」

「ほかに……」

田乃家は女除けのためで、千珠は嘘をごまかすため。

どうせお互い利害関係があっての恋人だ。お互いのプライベートなことを知らなくても、問題ないだろう。

（そもそも私、今までの彼氏のことだって、なんにも知らなかったし……）

職場や実家がどこにある、とかその程度のことは会話で知ることはあったが、恋人との将来など一度も考えたことがなかったので、聞く必要がない。

田乃家も同じだ。今までの彼氏以上に、知る必要はない。どうせかりそめの恋人だ。

（なんにも知らなくていいわ）

「あんまり根掘り葉掘り聞くのもね。とりあえず金曜日の食事会を無難に終わらせてくれたらいいから」

千珠はゆっくりと首を振った。

「じゃあ俺が千珠に質問するのはいい？」

「え、あぁ……うん」

こくりとうなずくと、田乃家は椅子の上に座りなおしてテーブルの上で腕を組んだ。

「ほかに幼馴染はいるのか」

「えっ？」

彼の質問の意図がつかめず、目をぱちくりさせると、

「その、営業の木村以外に、もっと親しい幼馴染がいるのかどうか、知りたい」

そんなことを聞いてどうするのかと思ったが、別に大した問題ではないので、千珠はさらりと答える。

「まぁ……同じマンションに住んでた仲良し組は結構いるけど、保育園から高校までずっと一緒だったのは、夏生だけかな」

と、正直に答える。

「ふぅん……」

なんだか田乃家の興味が夏生に向いているような気がしたが、エール化粧品で働く身だから気になるのかもしれない。

それから彼は新しくホットコーヒーを購入し、のんびりした様子で千珠にあれこれと質問をした。

生まれてからどんなふうに過ごしたか。

それこそ保育園から、千珠が去年まで働いていた社長秘書時代まで、全部。

「田乃家さんって、聞き上手なんですね〜……」

正直、言わなくていいことまで話してしまった気がする。

ふと我に返って急に恥ずかしさがこみ上げてきた千珠は、ちょっと嫌味っぽく口を開く。

気が付けばすでに小一時間経《た》っていて、千珠はすっかり冷たくなったラテを飲み干し、ハンカチで口元を押さえた。

「恋人のことを知りたいと思うのは、当然だろ？」

彼はかすかに笑ってそう言うと、それからテーブルの上の千珠の手を取り、ごく自然に指をからませた。

「じゃあ、次は飯行こうか」

「えっ!?」

これで解散だと思っていた千珠が戸惑う姿を見せると、田乃家は少し不思議そうな顔をして、

「せめてふたりで食事くらいは、しといたほうがよくないか？」

と、もっともらしいことを口にする。

「まぁ、確かに……」

アプリで出会ったとしても、一応食事くらいには行くだろう。

こくりとうなずくと、田乃家はホッとしたように長いまつ毛を伏せる。

「よし、行こう」

この男はやたらでかくて威圧感がある見た目をしているのに、いざとなると表情が豊かな気がする。

だからたぶん、千珠はこの強引な男に拒否感を持てないのだ。

コーヒーショップを出たあとは、タクシーに乗って麻布《あざぶ》へと向かった。なんでも馴染みの店があるらしい。

「魚は食べられるって言ってたよな」

「なんならお肉より好きよ」

うなずくと同時に、タクシーの中でも、ごく自然に手を握られた。シートの上で握られた右手は田乃家の手にすっぽりと包み込まれている。

(手が大きい……)

ちらりと目を落とし、それから田乃家を見上げると、彼はうっすらと目を細めて顔を近づけ囁いた。

「慣れておいたほうがいいだろ？」

と、軽い調子で言われる。

「そ、そうね……いきなりだとビックリしちゃいますからね」

そう、これは練習だ。ただの練習で他意はない。

真面目に自分に言い聞かせていると、

「お前、ちょろいって言われない？」

田乃家がからかうように顔を覗き込んでくる。

「は？」

思わず眉を吊り上げたところで、田乃家は「あはは！」と大きな口で笑って、握りしめた指にほんの少し力を込めた。指の隙間に、彼の長い指がするりと割り込む。

逃がさないと言われているみたいで、胸がぎゅんぎゅんに締め付けられたが、

(いやこれは別に、男の人に手を握られるというシチュエーションにドキドキしてるだけで、この男にときめいてるわけじゃないんだからねっ！)

と、慌てて自分に言い聞かせた。

それからしばらくして店の前にタクシーが到着する。半地下にあるモダンな割烹《かっぽう》は平日の月曜日にもかかわらず、ほぼ席が埋まっていた。

（接待で使うレベルのお店だ……。すっごく素敵だけど、高そう……）

友達と食事に行くときは、基本チェーン店か適当な居酒屋なので緊張してしまう。

自動ドアが開くと同時に、いそいそと和装姿の女性が出てきて田乃家の姿を見るなり「お待ちしておりました」と席に通してくれた。テーブル席のそこは、ドアの代わりに襖《ふすま》が設置されている。ぴしゃりと閉めればほぼ個室だ。

「料理は大将におまかせしたいって伝えてもらえますか」

「かしこまりました。健太郎さんが女性を連れてくるなんて初めてのことですから、きっと大喜びですよ」

女将《おかみ》は「どうぞごゆっくり」と言って、厨房へと戻っていく。

「ここ、行きつけなの？」

店に着いたとき、田乃家は名乗らなかった。顔パスな上に名前まで知っているのだから、常連客なのだろう。

「ああ。家族がここの椀物が好きでさ」

それから田乃家は「春は鳥貝、夏は鱧、秋は松茸、冬は蟹」と丁寧に教えてくれた。

「へぇ～……じゃあ今は鱧なのね。食べたことないから楽しみ！」

お値段が張りそうで緊張したが、おいしいものを食べられるならそれはそれで大歓迎だ。エヘへと笑うと、田乃家は頬杖をついて「たくさん食べろよ」と目を細める。

彼の眼差しは優しく、慈しみに満ちていて、とても今日会ったばかりの女に向けるもののようには思えない。彼が本当の恋人のように振る舞っているからだ。

美しい男の説得力というのはすごいと思いつつも、心臓がくすぐられているようなソワソワする気分になる。

(やだ、勘違いしそう……)

しないが、しそうで怖い。

これはおいしいご飯を食べに来ただけだと、必死に自分に言い聞かせた。

それから次々に出てくる美しい料理に舌鼓《したつづみ》を打ち、土鍋の炊き込みご飯、デザートのプリンまでおいしくいただいて、機嫌よく店の外に出ると、夜の十時を回っていた。

「はぁ……飲むつもりなかったのに……」

手のひらで火照る頬に風を送ると、

「でもまぁ、雲丹《うに》を食べるのに日本酒飲まないって選択はないからなぁ……」

「そうっ、そうなのよ！　ぱりっぱりの海苔《のり》の上の雲丹、最高においしかったぁ～……」

うんうんと相槌《あいづち》を打つ田乃家に、千珠は力強く同意した。

「そういえば、いくらだったの？」

バッグから財布を取り出しつつ尋ねると、

「さぁ」

と言われてぎょっとした。

「言ったろ、行きつけだって。ちょこちょこ顔出してるから、月末にまとめて請求が来るんだよ」

「私の分もそこに入ってるの？」

千珠は慌てて財布を開き、一万円札を取り出そうとしたのだが——。

「いいよ、このくらい。俺が誘ったんだし」

財布の上からやんわり手を押さえられた。

「で、でも」

このくらいもなにも、あの店が数千円の居酒屋レベルだとはとても思えない。

「いいから」

田乃家はゆったりと首を振った。これ以上の払う払わないの押し問答は、田乃家にも不本意かもしれない。

「あ……えっと、ごちそうさまでした。すごくおいしかったです」

千珠はぺこりと頭を下げた。

「どういたしまして。また行こうな」

田乃家はクスッと笑って、腕時計に目を落とした。

「タクシーで家まで送る」

「電車あるからいいよ」

すると田乃家は顔をあげて、

「もう少しふたりでいたいんだよ。わかれよ」

と、少し切なそうに囁く。

「――」

田乃家の言葉に、心臓が跳ねる。

もう少しふたりでいたいなんて、まるで本当の恋人同士のようではないか。

田乃家の横顔の向こうで、ネオンが瞬いている。

まるで星のように。

(きれいだな……)

今日、初めて会って、初めて口をきいてキスをして。それから友達のように食事をして、一日が終わる。

なんだか奇妙な気分だ。

「そういえばさ、俺のことはさすがに名前で呼べよな」

「え？」

「健太郎」

そして田乃家は千珠の肩に手を置き、触れるだけのキスをする。

「け……健太郎、さん？」

しどろもどろの千珠の言葉を聞いて、田乃家は満足そうに形のいい唇に笑みを浮かべる。

「そして今日から俺は、お前の彼氏だ。わかったな？」

「——うん」

あくまでもこれは利害関係があっての恋人関係だとわかっているが、まるで『本当』のような気がして、気分が落ち着かなかった。


そして迎えた金曜日。

千珠はテキパキとロッカールームで着替えたあと、パウダールームでメイクを直して鏡の中の自分をじっと見つめる。

ひとつ結びにしていた髪をほどき、ストレートアイロンで軽く髪を整えて小さな石のピアスをつけただけだが、これでずいぶん華やかに見える。ちなみに今日の私服はフレンチスリーブのブラウスにカーキのパンツ、ウエッジソールのサンダルというカジュアルな装いだ。

（夏生と麗ちゃん……そして私と田乃家で食事かぁ……）

自分で決めておいてなんだが、彼氏のふりなど本当にうまくいくのだろうか。

しかも相手はあのなんだかやけに圧を感じる田乃家だ。彼が自分の嘘に合わせてくれるのか、正直言って自信がない。

（いやでも、今日を乗り越えればあとはどうとでもなるし……。田乃家と恋人ごっこする必要もなくなるしね）

千珠は何度か大きく深呼吸を繰り返し、エントランスへと向かった。

終業後のエントランスは多くの人で賑わっていた。あたりを見回すと柱にもたれるようにしてスマホをいじっている田乃家の姿が見える。

ただ立っているだけなのに、まるでそこだけスポットライトが当たっているかのような華やかさだ。

（本当に私で大丈夫なの……？）

月曜日、仕事終わりにデートの真似事《まねごと》のようなことをして、少しだけ親しくなったような気がしたが、ああやって見るとやはり田乃家は別格だ。

（いや、大丈夫じゃないわ。絶対、全然っ、私と釣り合ってないっ……！）

彼と恋人のふりをするなんて、やっぱり無理があるような気がしてその場に立ち尽くしていると、千珠の目の前を三人ほどの女子たちが駆け足で走り抜けていった。

そのうちのひとりの荷物がぶつかって千珠はよろめく。

「あっ……もう、危ないなぁ……」

小学生じゃないんだからと唇を尖らせたところで、なんとその女子たちは田乃家を取り囲んでしまった。

ビックリして眺めていると、

「田乃家さん、お疲れ様です～！　こんなところでどうされたんですか？」

「お帰りになるところなんですかっ？」

きゃあきゃあと黄色い声がこちらまで聞こえてきて、千珠は衝撃を受けた。

（ほんとにモテモテだ……漫画みたい……）

千珠が数メートル離れたところで茫然《ぼうぜん》としていると、田乃家はスマホを下ろして軽く首を振る。

「メシ行くんで待ち合わせしてる」

「ええ～！　社内の人とですか？　珍しい！　私たちも一緒に行っていいですかぁ～？」

「一緒にお食事したいですぅ～！」

「悪いけど無理」

まったく悪いと思ってなさそうな田乃家は恐ろしく不愛想だったが、女子たちはそんな対応を見てもまったくめげてなかった。

その後もきゃあきゃあと田乃家の周りで騒いでいる。

おそらくだが、田乃家はいつもあんな調子で女子に取り囲まれているのだろう。

付き合う理由は女除けだと聞いてドン引きした千珠だが、確かにあれはモテて困るレベルに違いない。

「すご……」

衝撃のあまりぼんやりその様子を見ていると、

「おつかれっ」

と、いきなり背後から肩を叩かれた。

驚いて振り返ると夏生がニコニコして立っていた。

途端に千珠の心はぱーっと明るくなる。夏生の笑顔が好きすぎて、たちまち胸がいっぱいになってしまった。

「夏生もお疲れ様っ」

千珠はえへへと笑いながら幼馴染と向き合う。

営業マンらしいさわやかなスーツ姿で、最高にカッコいい。

（そっか～。同じ会社だったら、こんなふうに待ち合わせとかできるんだ～……！　最高だな～オフィスラブ～……！）

夏生と自分は別にラブしていないが、そういうことにしておきたい。心の中の妄想は自由だ。

千珠がほんわかしつつ夏生に見とれていると、

「千珠」

と低い声で呼ばれてハッとした。

振り返ると女子に取り囲まれていたはずの田乃家が、こちらに向かってズカズカと大股で近づいてきて、さも当然といわんばかりに千珠の隣に立つ。

夏生がそれを見て、なんで？　と首をかしげた。

「えっ、田乃家？　今、千珠って呼んだ？　知り合い？」

そうだった。夏生にうっとりしている場合ではなかった。一応この男が千珠の彼氏ということになっている。

「夏生、田乃家さんのこと知ってるの？」

「部署は違うけど、同期だ」

夏生は何度か目をぱちくりさせながら、不思議そうに千珠の横に立った田乃家を見つめた。

「同期って……でも、年はひとつ上だよね？」

「俺、留学してたから」

田乃家は千珠の問いかけに、なんということもない、という態度でさらりと答えた。

「へ～……」

どうやらこの男、海外留学できるほど実家が太いらしい。

先日の高級割烹といい、やはりザ・庶民の自分が付き合う相手としては釣り合いが取れなさすぎる。

(完璧すぎてこわ～……。よし、来月早々、私が振られて別れたことにしよう！)

これほどの男にならあっさり振られたって誰もおかしいとは思わないだろう。

そう思いながら、千珠は改めて田乃家の隣に立ち真面目な顔で彼を紹介した。

「えーっと、夏生。こちら田乃家健太郎さん。わ……私の、彼氏だよ」

できるだけ自然に振る舞ったつもりだが、明らかに声は上ずっていた。

だが人のいい夏生は千珠の言葉を疑うことなく、

「まっ……えっ？　彼氏っ!?」

信じられないと言わんばかりに目を大きく見開き、硬直してしまった。

驚くのも無理はない。というかむしろ驚きしかないだろう。

今まで千珠が付き合ってきたダメンズたちと田乃家が全然違いすぎて、当事者のくせしていまいちこの嘘にのりきれていないのだから。

だがもう後戻りはできない。やるしかない。

「うん、彼氏。恋人。まだ付き合ってそれほど時間は経ってないけどね」

月曜日から付き合いだしたとはもちろん言えないが、嘘をつくときはなるべく真実を織り交ぜたほうがいいはずだ。

千珠がきっぱりと言い切った瞬間、

「で、あんたと千珠の関係は？」

隣の田乃家もポーカーフェイスで尋ねる。

一応コーヒーショップで『幼馴染』だと教えたはずだが、念のためだろうか。

「あ、俺？　俺と千珠は生まれたときからの幼馴染でお隣さん。親友なんだ」

夏生はさわやかに微笑んだ。

生まれたときからの幼馴染。親友。

もし千珠が夏生を異性として好きではなかったら、これ以上ない嬉しい言葉だ。

だが千珠は物心ついたときから幼馴染に恋をしているから、胸はきゅうきゅうと締め付けられて苦しいし、気を緩めれば泣いてしまいそうなくらい切なくなる。

(最大限の信頼を寄せてくれてることくらい、わかってるんだけど)

千珠にとっては永遠に越えられない境界線を引かれているようなもので、慣れているとはいえ少し胸が痛くなるが、悟られるわけにはいかないので、ニコニコと笑って「だよね」とうなずいた。

「お、おまたせしました〜……!」

さらにそこへ、週報を提出し終えた麗が慌てたように走り込んでくる。

私服に着替えた彼女の姿を発見して、夏生がぱっと笑顔になった。

「待ってないよ!」

甘めのチュールスカートにシンプルなカットソーを合わせた麗は、いかにも清楚系《せいそけい》で彼女によく似合っていた。

(かわゆ〜〜い……)

ほわほわとした調子で見つめていると、麗の目線が田乃家に向けられて夏生と同じように大きく見開かれる。

「えっ……たっ、たっ……田乃家さんっ?」

「えっ、まさか持田さんも知り合いなの？」

するとは麗はハッとしたように目を伏せて、

「いえその……受付ですから」

と控えめな態度でうつむいた。

確かに受付なら、社員の顔を知っていてもおかしくない。

「そっかぁ……みんな顔見知りなんだね。なんだか恥ずかしいな……」

千珠はあははとごまかすように笑いながら、唇を引き結ぶ。

受付にいれば、毎日社員が出入りしているところを見るのだから、麗が田乃家を知っていても当然だ。

（田乃家って目立つしなぁ……。時間がなかったとはいえ、彼氏（仮）に選んだの、選択ミスだったかも……）

思わず真顔になったところで、それまで黙り込んでいた夏生が、田乃家に一歩だけ近づいて目を細めた。

「なぁ……やっぱいきなりすぎてちょっと違和感があるんだけど。田乃家ってほんとに千珠と付き合ってんの？　いつから？　どういうきっかけで？」

夏生の追及に、千珠は胃のあたりがひっくり返りそうになった。

（やだ、すっごく疑われている！）

お互いの利害の一致で結ばれた偽装恋人という関係が、たったの五分で破綻しかけている。

慌てて千珠は言い訳をしようと口を開きかけたのだが。

「──なんで俺が、あんたにそんなこと説明してやる必要があるんだ？」

田乃家は低い声でさらりと言い放ち、いきなり千珠の肩を抱き寄せた。

「俺がこいつとどこで知り合って、どうやって告白して、俺のモノにしたのか。それは俺と彼女のプライベートな部分だろう。お前が『特別な幼馴染』だったとしても、口を挟まれるいわれはないね」

「っ……」

田乃家がはっきり反論したその瞬間、夏生は息を詰めるように言葉を失った。

それは千珠も、そして無関係なはずの麗も同じだった。

（一瞬、私たちが本当に付き合ってるみたいな気がしてしまった……）

そう、あまりにも田乃家が堂々としていたから、千珠はどこかで彼と出会い、告白されて、付き合っているような錯覚を覚えてしまったのだ。

そこに真実はなにひとつないというのに──。

その瞬間、騒がしいエントランスが水を打ったかのように静かになった気がした。

ただ自分の心臓の音が胸の中でドキドキと響いている。

(どうしよう。なんか変な空気になってない？　やっぱり彼氏はいないと言うべきだった？)

夏生に頼られたいばかりに、嘘をついていることが急に心苦しくなってしまった。

もう素直に全部嘘だと打ち明けようか。

千珠が「あの……」と口を開きかけた次の瞬間、

「ごめんっ」

夏生がはっきりした声で謝罪の言葉を口にした。

「確かに田乃家の言うとおりだな。ふたりの大事なところに踏み込もうとした俺が悪かった」

そして田乃家と千珠に向かって深々と頭を下げる。

「不愉快な思いをさせてすまない。千珠も、ごめんな。いい気分しなかったよな。ほんとごめん」

「――いや」

いきなり頭を下げられた田乃家は、驚いたように目を見開いて夏生を見つめた。肩に置かれた手に力がこもり、動揺が伝わってくる。

いっさいの嫌味なく、キラキラした瞳で謝罪の言葉を口にする夏生を見て、戸惑ったのだろう。

(さすがの田乃家もビックリしてるみたい……)

だが夏生はこういう男なのだ。

まっすぐであたたかくて、誠実で優しい。

だからこそ千珠はずっと夏生が好きで、諦めきれないのだが――。

千珠はすうっと息をのんで、いつものように能天気に微笑んだ。

「あ、あのさ、夏生は全然悪くないよ。その、いきなりすぎてどうしてって思って当然だと思うしっ」

アハハと笑う千珠だが、ちくりと良心が痛む。

違和感を持った夏生は間違ってないし、これ以上突っ込まれないように立ち回ってくれた田乃家も悪くない。

悪いのは自分。夏生のことが好きなくせに、適当な男を彼氏だと嘘をついて紹介している自分だけなのだ。

(いや……ほんとどう考えても百パーセント私しか悪くない……！)

己の肩を抱いている田乃家の手を肩から外しつつ、複雑な心境のままこっそりとため息をつくと、田乃家が不満そうにムッとした。

「なんで外すわけ」

「会社の中ですから」

すると田乃家は軽く笑って、

「それもそうだな。いちゃつくのは社外でだよな」

と顔を覗き込んでくる。

「もうっ、そういうこと言うのやめてくれる？」

キーッと眉を吊り上げると、田乃家がアハハ！　と快活に笑った。

（やっぱり、笑うと雰囲気が違うな……）

黙っているとちょっと怖いくらいの迫力があるのに、眉のあたりをくしゃっとさせた笑顔は妙に愛嬌《あいきょう》がある。

貴重なものを見れたような、そんな気がしてくるから不思議だ。

そして彼の屈託のない笑顔に、三人の間にあった微妙な空気がほんの少し緩んでいくのを感じていた。

「田乃家、そんなでっかい口開けて笑うんだ……初めて見たかも」

「私もです……」

夏生と麗が驚いたように目を見開き、首をかしげている。

（どんだけ不愛想なの、この人……）

千珠は呆《あき》れつつもぐるりと周囲を見回す。四人で話しているだけなのに、注目されているようだ。

(私と付き合うメリットは女除けだって言ってたわよね)

こうやってエントランスで目立って、早々に噂《うわさ》を広めておきたいのかもしれない。

(まぁ、そのくらいのことは、交換条件としてやっておかないとね)

千珠はそんなことを考えながら、曖昧な笑顔を浮かべたのだった。


夏生が予約していたのは、会社からタクシーでワンメーターの雑居ビルの中にある、カジュアルなフレンチレストランだった。通された個室の壁は薄い若草色で、二号サイズの水彩画が飾られている。テーブルも椅子も少し凝っていて、千珠が友人と普段行くような雑っぽい居酒屋とはまるで雰囲気が違っていた。

「夏生がこんなおしゃれなお店を知ってるなんて、びっくりだな〜」

千珠がからかうように、目の前に座った夏生に話しかけると、彼はふふんと笑って胸を張る。

「だろ? まぁ俺も、仕事で使ったからここを選んだんだけど」

夏生はそう言って、少し緊張したように座っている麗ににっこりと微笑みかけた。

「持田さん、食べられないものない?」

「はい、フレンチ好きです」

麗はこっくりとうなずいて、それからおそるおそる目の前の席に座る田乃家に視線を向ける。

「田乃家さんは？」

「俺も好き嫌いはないよ」

そして彼は隣の千珠を見て、ふっと笑った。

「千珠はあるよな」

「え？」

いきなり田乃家から水を向けられて、千珠は目をぱちくりさせる。

「ほら、こないだメシ行ったとき、さりげなくもずく残してただろ。ほかはペロッと全部食べてたのに」

「あっ……そ、そういうこと言わなくていいからっ」

慌てて首を振ると同時に、夏生と麗がくすっと笑った。その瞬間、テーブルがなんだか和やかな雰囲気になっているのに気が付いた。

どうやら『嫌いな食べ物を知っている』というのは、それなりにプライベートな関係の匂わせになるらしい。

(なるほど……ちょっと強引だって思ったけど、月曜日に食事に行ったのは正しかったかも)

「酸っぱいのと、食感がどうしても苦手で……」

それにしても、そんなところまで見られていたのは恥ずかしい。

好き嫌いがあることを恥じつつも田乃家の提案に今更ながら感謝していると、

「そういや千珠は、中学生くらいまで野菜も海藻もだめだったな」

と、夏生が口を挟み、今度は素で顔が真っ赤に染まってしまった。

「もうっ、夏生までっ」

もう十年も昔の話だ。今の千珠は好き嫌いはないし、もずく以外はなんでもおいしく食べられるようになった。

「今はもずく以外は平気です。野菜だってちゃんと食べるしっ」

「でも、どうして急に食べられるようになったんですか？」

麗が不思議そうに首をかしげる。

「えっと……」

千珠はへらっと笑って、ほんの少し感傷的な気分になった。

きっかけは些細《ささい》なことだ。放課後の教室で、夏生が『好きなタイプはなんでもおいしく食べてニコニコしてる子』と言っているのをたまたま耳にしただけ。

それを聞いた千珠は一念発起し野菜嫌いを克服したのである。

もずくだけはだめだが、今はわかめだって食べられる。愛の力は単純で、強しだ。

「普通に味覚が変わったのもあるし、食わず嫌いだったたんじゃないかなぁ」

本当のことは言えないので、適当にそれっぽいことを言ってごまかす。

「それ、ありますよね。私も大人になってから苦手なものが減って、食べられるものが増えました」

麗がほんわかした笑みを浮かべた。

彼女はおっとりしてそれほど言葉数が多くはないが、思考と口が直結している自分とは違い、自分の発言を吟味してから口にしている雰囲気がある。

（かわいいな……いい子だな）

この一週間で、千珠はひとつ年下の麗のことを、だいぶ好きになっていた。

「俺も大人になって、しいたけ食べられるようになったんだ」

夏生のきらきらとした瞳は、千珠ではなくただまっすぐに麗を見つめている。

「しいたけ、おいしいですよね」

「うん。シンプルに焼いたのが一番好き」

ふたりは他愛《たわい》もない会話でニコニコしている。

「――」

胸の奥がちくちくする。

夏生の麗を見る目が、蕩《とろ》けるように甘く優しいのが辛《つら》かった。

フレンチのミニコースは全五品で、見た目も味も最高に素晴らしかった。

食後のデザートまできっちりいただいて、店を出る。支払いは夏生と田乃家がいつのまにか済ませてくれていた。

(偽彼女なのに、私の分まで払ってもらうのは申し訳ないな……)

過去の男たちを振り返ってみても基本割り勘だし、多めに出すのはだいたい千珠のほうだった。

なんなら彼氏のツレの前では「ここは俺が払うよ」といい顔をしておいて、あとから千珠に借金を申し込む男もいたくらいである。

「このあとはどうする？　二軒目に行く？」

とりあえずお金はあとでこっそり渡そうと思いつつ千珠が口を開くと、田乃家が千珠の肩を抱き寄せて低い声で囁いた。

「いや、もう解散でいいだろ。それでお前はうちに来い」

「はあ？　なんで!?」

思わず大きな声が出てしまった。

「なんでって、お前なぁ……」

田乃家が呆れたようにため息をつくのを見て、ハッとした。

(確かにカレカノなんだから、金曜の夜に彼氏の家に泊まりに行くのは普通といえば普通……かもしれないけど)

だが一方で、これ以上夏生の前で田乃家といちゃついているふりをするのも憚《はばか》られる。

千珠は将来的には夏生と恋人同士になりたいのだ。

田乃家とラブラブしているところなんか、たとえ嘘でも見られたくない。

「でも……私たち、お泊まりとか、まだ早いんじゃないかな」

千珠はするりと田乃家の腕の中から逃げて、あははと笑う。

咄嗟《とっさ》に口から出た言葉だが、我ながらナイス発言だ。

こう言えばまだ千珠と田乃家は付き合いが浅く、プラトニックな関係だと思われただろう。

だが田乃家は引かなかった。

「――いつまで待てばいいんだ」

「え？」

彼の大きな手が千珠の手をつかむ。

「いつまで待てば、あんたを抱かせてくれるわけ？」

「っ……！」

田乃家の指の先が、そうっと千珠の手のひらを撫でる。

その瞬間、ぞくぞくと全身に甘い快感が伝わって、千珠の顔は見る見るうちに赤く染まっていく。

「あ、あのねぇ……田乃家さん……」

「ほらまた苗字《みょうじ》で呼んだ。言っただろ、名前で呼べって。健太郎だよ」

田乃家は色気たっぷりに微笑みながら、甘い声で囁く。

かすかなアルコールと香水が交じり合った色気のある匂いに、眩暈がした。

(やだ、めちゃくちゃドキドキする……落ち着いて、私……！)

これは演技だ。田乃家も本気じゃない。そう、わかっている。田乃家は彼氏のふりをしているだけ。

だからこの手をさっさと振り払って、笑ってごまかさなければならない。

だがこちらを見おろす漆黒の瞳は街明かりに照らされて、きらきらと星のように輝いていて、そこにはなにひとつ嘘やごまかしがないように見えて——。

「あ、じゃ、じゃあ、わ、私っ、お先に失礼しますねっ！　御馳走様《ごちそうさま》でしたっ！」

唐突ともいえるタイミングで叫んだのは麗だった。

麗は顔を真っ赤にして、瞳を潤ませながらも深々と頭を下げ、それからくるりと踵《きびす》を返し逃げるように走り出す。

「あっ、持田さん！　待って送るから！」

雑踏に紛れていく麗を見て夏生が慌てたように声をあげ、千珠と田乃家を一瞬だけ振り返り、

「千珠、田乃家と仲良くな！　結構お似合いでびっくりした！　いろいろ疑ってごめんな！」

そうにっこりと笑って、そのままの勢いで麗の背中を追いかけていった。

「あ、なつきっ……」

本当にあっという間の出来事だった。その瞬間、千珠の世界から音が消えた気がした。

「待ってよ……夏生……」

一緒に帰りたかった。他愛もない会話をしながら、家まで一緒にいたかった。

いくら呼びかけても、夏生は振り返ってはくれない。

わかってた。

夏生が自分のことをまったく女性だと思っていないこと。夏生は今日ずっと、麗のことばかり見ていて、千珠の顔を見ているようで見ていなかったこと。

今も昔も、まったく相手にされていないこと。

今度こそ彼女になってやるだなんて、最初から無謀だったこと。

「……っ……」

鼻の奥がつんと痛くなって、目の奥から涙があふれる。

（全部、わかってたのに……どうして涙が出るんだろう）

物心ついたときからずっと好きだった男の子が、違う女の子に夢中なのを目の当たりにすると、さすがに辛い。心がバラバラに砕けて飛び散ってしまいそうだ。

（いい年した女が路上で泣いてるなんてやばいな……）

妙に冷静な部分で己を俯瞰《ふかん》すると、己の独り相撲《ずもう》が滑稽《こっけい》で仕方なくて笑ってしまう。

とりあえず早く涙を止めなければと、ぽたぽたと涙をこぼしつつ持っていたバッグをごそごそしていると、

「千珠」

頭の上から少し強めの声がして、反射的に顔をあげた次の瞬間、千珠の背中に腕が回り、そのまま体が引き寄せられる。

「っ⁉」

驚きすぎて息が止まるかと思ったが、鼻先に香る上品な香りに、自分の体が田乃家に抱きしめられていることにようやく気が付いた。

「あ……」

顔をあげようとするとそのまま後頭部を大きな手のひらが撫でる。

「俺がそばにいる……彼氏だろ？」

ちょっとからかうような田乃家の言葉に、千珠の中の最後の砦《とりで》が崩れ去った気がした。

二章　片思いすれ違い

田乃家に手を引かれてそのまま近くのラブホテルに入った。

ドアが閉まってロックがかかった瞬間、田乃家が強引に千珠の体を抱き寄せて、覆いかぶさるように口づけてくる。

「あ……んっ」

千珠の唇から声が漏れる。

田乃家のキスは少し強引だった。

ほんのりとアルコールの香りが残っている彼の舌は燃えるように熱く、千珠の口内を激しくかき回す。もつれるように抱き合いながら、ベッドへと倒れ込んだ。

のしかかる田乃家はまるで彼自身が発熱しているような圧があり、一瞬体が強張る。

これは会議室でしたキスとは全然違う。本気のキスだ。

(これってやっぱり、するってこと……だよね)

頭の隅で冷静な千珠が囁く。

生まれてこの方いまいちな男ばかり選んできた千珠だが、こう見えていわゆるワンナイト的な経験はない。人生において『恋人』と呼べる男としか寝たことはなかった。

（いや、一応田乃家は彼氏だから……いい……のかな……）

キスはしたが、なぜかそれ以上進むことはないと思っていた。

好き合っているわけでもない。これまで千珠が付き合ってきた男性とさして立ち位置は変わらないはずなのに、妙に身構えてしまう。

ホテルに入っておいて拒むつもりはないが、あまりにも展開が早くて戸惑いが隠せない。

「ま、待って、あのっ……」

唇が離れた一瞬を見計らって彼を見上げると、田乃家はスーツの上着を身もだえするように脱ぎ捨てて、ネクタイに指をひっかけほどいているところだった。

彼は、戸惑い体を強張らせる千珠を両ひざの間に閉じ込めて、

「待てって、なにを？」

と低い声で囁く。

「だ、だから……えっと」

「――」

田乃家はじっと千珠を見おろしながらネクタイをほどくと、今度は両手首の白蝶貝《しろちょうがい》のカフスを丁寧に外していく。

無言のまま最後に手首に嵌《は》めていたシックな時計を外した。

去年まで、ファッションデザイナーのもとで秘書兼雑用のようなことをやっていた千珠は、知っている。彼がつけているドレスウォッチの覇者と呼ばれるシンプルなスイス製の時計は、千珠の年収の何倍もすることを。

一方田乃家は、ベッド横にあるサイドボードにネクタイとカフスと時計を丁寧に並べると、今度はベストを脱ぎ、シャツのボタンに手をかけた。

「ちょ、どんどん脱いでくのやめてっ」

「もしかして着衣でやるほうが萌える口？」

田乃家はふふっと笑って、切れ長の目を細める。

「そ、そうじゃなくて……」

田乃家がどういう環境で育ったのか知らないが、彼はスラックスにベルトはせず（要するに彼のスーツは彼の体ぴったりに作られたフルオーダーということだ）、上品な白蝶貝のカフスをつけるような育ちのいい男なのは間違いない。

これまで若干『治安の悪い男』ばかり選んできた自覚があるので、なんだか妙にドキドキしてしまう。

「す、するの？」

千珠がかすれる声で絞り出すと、彼はふっと笑ってあっという間に上半身裸になってしまった。

「するよ」

田乃家はさらりと答えて、それから今度は千珠が着ているブラウスのボタンを外し始める。

「本当はボタン引きちぎりたいくらい興奮してる」

その発言を聞いた瞬間、全身から血の気が引いた。

「や、やめてよっ！　このブラウスお手製なんだからっ」

千珠は慌てて彼の手を振り払い、上半身を起こし小さなくるみボタンに手をかける。

(引きちぎられるくらいなら自分で外そう……！)

そうやってちまちまとボタンを外していると、頭上から田乃家が手元を覗き込む。

「これ、自分で？」

まるでスイッチを押すように、外していないボタンを指先で撫でる。その少し子供っぽい仕草に、肩から力が抜けた。

「そうよ。私はこういうの作るの大好きなの。……似合わないでしょ。知ってるからなにも言わないでね」

見た目が派手だから、愛人顔だから。女の子らしい家庭的なことは似合わない。

今まで何度も言われてきたことだ。

千珠が若干ふてくされ、半ば諦めながらそうつぶやくと、

「あんたかわいいもの好きだもんな」

とさらりとした答えが返ってきた。

「――」

ボタンを外す千珠の手が止まる。

ビックリして顔をあげると、大人しく待っている田乃家と目が合った。

「なんで？」

「なんでって……」

田乃家がくすっと笑う。

「見ればなんとなくわかるだろ。既製品のハンカチの隅っこに刺繍《ししゅう》入れてたら、そういうの好きなんだなって」

確かに千珠は自分が使うハンカチに、ひそかに刺繍を入れるのが趣味だ。

まさかそんなものを見られていたとは思わなくて、腹の奥がそわそわし始める。

もずくといい刺繍といい、なぜこの男は、千珠の隠している部分を的確に指摘してくるのだろう。

「似合わないでしょ。刺繍とか、お裁縫とか……」

ごにょごにょとつぶやいたら、なんだか虚《むな》しくなった。

思わず手が止まったところで、

「だから、なんで」

田乃家が苦笑しながら、千珠のボタンをまた外し始める。

「似合うとか似合わないとか、他人の評価はどうでもいいだろ。自分の好きなことしてるだけなんだから」

シャツのボタンがすべて外されて、エアコンの風が汗ばむ肌をひんやりと撫でる。

「なぁ、俺があんたを抱きたいって思うの、そんなにおかしいか？」

「え……？」

驚いて顔をあげると、田乃家はどこか切羽詰《せっぱつ》まったような顔をしていて。

私たち、こないだ会ったばっかりだよね、とか。

そもそも私はただの女除けでしょ？　とか。

それだけのスペックだったら、女の子なんかよりどりみどりでしょう、とかいろいろ頭に浮かんだけれど。

（もしかしたら恵まれてるように見える田乃家にもいろいろ悩みがあって、問題を抱えてるのかも……）

そう思うと、すとんと腑《ふ》に落ちた気がした。

（だって、私もそうだもん……）

これまで夏生に何度も失恋した。

それでも夏生が好きで、好きで。諦められなくて。

でも彼は絶対に千珠を女としては見てくれなくて――。

ずっと、自分のモノではないが、無駄な人生を生きているような気がして。

そして誰でもいいわけではないが、今目の前にいる、夏生とは正反対みたいな男がその虚しさを少しでも薄らげてくれるなら、ほんのひと時でも紛らわせてくれるなら、すがりたいと願ってしまう。

そんな孤独を千珠は知っている。

「田乃家……あなたにもいろいろあるってことよね？」

手を伸ばして彼の頭に触れる。

よしよしと撫でると、田乃家は切れ長の目をまん丸に見開いて固まったが、しばらく千珠が撫で続けているとふっと肩から力を抜くように笑って。

「なんかお前、勘違いしてる気がするけど……まぁ、いいか」

と笑ったのだった。


シャワーを浴びた千珠がバスローブ姿で戻ると、先に済ませた田乃家がベッドでごろっと横になったままスマホを見ていた。バスローブを一応羽織ってはいるが、鍛えられた胸筋は丸見えで、一瞬ドキッとしてしまう。

(すっごい体……)

彫刻のような体を生で見たのは初めてだった。余計な脂肪はいっさい付いておらず、かといって作り込んだようなわざとらしさもない。神様が思う『自然美』をそのまま形にしたような肉体だ。

千珠のかつてのボスであるデザイナーが見たら、狂喜乱舞するような美しさである。

上から覗き込むと眉間のあたりに深いしわが刻まれている。

「すごい顔してる」

思わず指でそのあたりをぐいっと押さえると、田乃家はスマホをヘッドボードの上に置いて、千珠を抱き寄せた。

「悪い。仕事のメール見てた」

彼はそう言って大きな手で千珠の首の後ろをすり、と撫でて耳元で囁く。

「やるか」

「――そうだね」

ふふっと笑うと同時に首の後ろの田乃家の手にわずかに力がこもる。唇が重なると同時にぐるりと視界が回転して、サテンのシーツの上に押し倒されていた。

「んっ……」

田乃家はキスが好きなのだろうか。すぐに唇を塞いでくる。バスローブの前が開かれると同時に、

「下着付けてると思った」

と田乃家が軽い調子で囁いた。

「女性の下着を外すのに萌える口？」

先ほどの着エロ云々《うんぬん》に絡めて千珠がからかうと、田乃家がふっと笑う。

その笑った顔――切れ長でどちらかというと怖そうにも映るその目が優しげに細められるのを見て、確かにこの男は威圧感があるが、笑った顔とのギャップが一部の女性を狂わせそうだと、そんなことを思った。

田乃家は千珠のバスローブを脱がせたあと、両手で乳房をつかむと、柔らかく揉《も》み始める。

その瞬間、肌の表面をぴりっとした快感が走る。

「あっ……」

背が高いのでわかっていたが、彼の手はかなり大きい。

千珠は全体的にスレンダーで、胸に関しては長年にわたって『お前は胸である』と言い聞かせての寄せて集めてのCカップだ。

なんだか無性に恥ずかしくなって、

「あの、あんまり大きくなくて、ごめんね……」

この男はなんとなく巨乳が好きそうだなんて思いながら口にすると、

「俺は慎ましいのも好きだよ」

と言われて、複雑な気持ちになった。どう聞いても慰めになっていない。

思わず唇を尖らせたところで、彼の指先が千珠の胸の先を優しくつまむ。

「あっ……！」

「本当なのに。信じてないな」

田乃家は甘い声で囁いて、そのままゆっくりと舌で先端をちゅうっと包み込んだ。

「敏感でエロい。かわいい」

「んっ……あっ」

田乃家の黒髪がさらさらと千珠の肌の上を滑っていく。くすぐったいような焦《じ》らされているような、不思議な感覚だ。

田乃家は胸の先だけではなく舌全体を使って乳房を舐めあげたり、谷間ににじむ汗を舐めとるように舌を這《は》わせ、それからゆっくりと右手の甲でふとももをすりあげ、そのまま手を両足の中へと差し入れた。

指先が淡い叢《くさむら》をかき分けて花芽に触れる。優しく撫でたあと、そのまま中指と薬指が蜜口へと吸い込まれていった。

「ん、はっ……！」

自分でもびっくりするくらい、田乃家の指を体は受け入れている。

「なぁ……なんでもう、こんなに濡れてんの？」

意地悪な囁きに、千珠の全身が火が点《つ》いたように朱に染まる。

彼が指を動かすたび、ぬちぬちといやらしい音が響く。

「ちょっと舐めただけで、ぬるぬるでぐちゃぐちゃ……」

田乃家が耳元で低い声で囁きながら、蜜壺《みつつぼ》の入り口をこする。

「ん、あぁ……んっ……」

千珠は耐えきれず甘い悲鳴を漏らしていた。

舐められたからこうなったんじゃない。田乃家は存在自体が非常に魅力的でセクシーすぎるのだ。

この男に恋をしているわけでもないのに、一挙手一投足にドキドキしてしまう。

カタブツに見えて、でも柔らかくて、ヤンチャで、女心をくすぐるのがうますぎる。

「まぁ、いいか。もっと感じて」

彼の声と指に導かれるように、

「ん、ふぅ、っ、あっ……」

千珠の唇から吐息が漏れる。

ちゅくちゅくと響く水音は、次第に粘度を増していく。

田乃家の指は太く長く、千珠の感じやすいところを探りながら動いていた。

「ん、あっ……ん、んっ……」

声を出したくないと思うのに、止められない。腹の奥がきゅうきゅうと締まる感覚が、連続で押し寄せてくる。

(だめ、気持ち良すぎる……っ)

快感をこらえて唇を引き結ぶと、

「あれ、もうイク？」

田乃家が軽く首をかしげた。

早すぎると言われているような気がして恥ずかしいが、こくこくとうなずきながらねだるように腰を揺らす。

「い、くっ、あ、ん、はっ……」

だが太ももがわなないた次の瞬間、ずるりと田乃家の指が引き抜かれる。

「あぁっ……」

決定的にイク直前だがとろりとした蜜のような快感が全身を包み込み、びくびくと体が震えた。

「な、なんで……」

「なんでって、それはやっぱり俺のでイって欲しいし」

田乃家はそう言って体を起こし、ゆるく立ち上がった自身の屹立《きつりつ》を右手でこすり上げながらコンドームの封を歯で開けて中身を取り出すと、するすると装着する。

そして千珠の膝の下に手を入れ、ぐいっと大きく左右に開く。

「あっ……」

煌々《こうこう》とした明かりではないが、間接照明でさらされた秘部を田乃家がじっと見つめていることに無性に恥ずかしくなった。

「あ、あんまり見ないで……っ……」

「やだね」

田乃家は意地悪く笑って、屹立を支えながら先端を蜜口に押し当てる。

「俺のが入っていくところ、ちゃんと見てろよ」

そして田乃家はゆっくりと腰を押し込みながら、千珠の両足を持ち上げる。

「っ……」

ずずず、と圧倒的質量の肉杭《にくくい》が千珠の媚肉《びにく》を割り進む。その質量に、千珠は全身をわななかせた。

「んん、あっ、はぁっ、あ、入っ、てっ、あ……あ～……ッ」

「千珠、ほら見ろよ。お前の中、びくびく震えて喜んでる」

「ん、あっ」

「みっちみちになってるの、わかるだろ？」

そして田乃家は千珠の両足を肩にのせると、そのまま見せつけるように体を近づけてきた。

その瞬間、腹の奥を彼の肉杭がえぐってビクンッと体が震える。

「アッ……！」

まるであつらえたかのようにぴったりで、あまりにも気持ちよすぎて、目の前がチカチカした。

「ま、て、うごか、ないでっ……」

最奥まで収められた田乃家の肉杭は彼が少し腰を揺らすだけで、脳みそがガタガタと揺らされるような快楽を引き起こす。

（うそ、なんで、なんでこんなに気持ちいいのっ……）

千珠は背中をのけぞらせながら、唇を震わせた。

恋してないし、好きでもない。この男に微塵も愛されたいと思っていないのに、なぜか体は最高に相性がいいらしい。

「動くなとか、無理だろ……」

田乃家はかすれた声で囁くと、今度はゆっくりと腰を引き始める。

「ほら、千珠。俺が抜こうとするとめちゃくちゃ吸い付いてくる……」

「ああ、あっ……！」

自分ではまったく意識していないのに、彼の言うとおり千珠のそこは田乃家の屹立に絡みつき、出ていかないで欲しいとねだっている。

「あ、あぁ。や……っ……」

「イヤじゃないよな。ほんとはここ、いっぱい突いて欲しいんだろ？」

田乃家は甘く囁きながら、それからたん、たん、とリズミカルに腰を打ち込み始める。

「っ、くっ、あっ……あぁ～……ッ」

「音、すっご。どんどん溢《あふ》れてくる」

彼のモノが出入りするたび、ぐじゅぐじゅといやらしい水音が響く。

「あぁっ……ンッ……」

「奥を突くと締まるの、最高だな」

大柄な田乃家にのしかかられて、千珠は自分の意思ではもう体勢を変えられなかった。

一方的に押さえ込まれ、ただ快楽を与えられる千珠の体は、次第に早くなる田乃家の抽送に導かれて、肌全体が淡く痺れていく。

肌と肌がぶつかる音と、千珠の乱れた呼吸音が混じり、千珠はいやいやと首を振った。

「あ、わたし、あっ、い、イクッ……」

寸止めされた体はもう準備万端だった。

足元から快楽が駆け上がってきて、ガクガクと膝が震え腰が跳ねあがる。

「んっ……あああぁっ……！」

自分の声が他人事《ひとごと》のように遠くから聞こえる。

その瞬間、最奥まで挿入していた田乃家が、軽く笑って汗で額に張り付く前髪をかき上げた。

「気持ちよさそ……」

「あ、っ、はぁっ……」

甘く息を乱す千珠を見下ろした田乃家は、満足げに笑って千珠の両足を肩から下ろすと、

「足、もっと開け」

と甘やかな命令を下す。

「え？　あ、はぁっ……はぁっ……」

彼のモノは相変わらず千珠の中に収められていて、脈々と己を主張するように脈打っていた。

千珠はぼうっとする意識のまま、言われたとおりに両足を開く。

すると田乃家は「いい子」と笑って、千珠の両方の胸に手を伸ばし、乳首をつまんだ。

「アッ……！」

「またイケるみたいだな」

田乃家は軽く息を吐くと、千珠の胸の先をつまんだり、こすったりしながらまた腰を振りはじめた。

イッたばかりの体は敏感で、突かれるたびに喉の奥から悲鳴が漏れる。胸の先もくすぐられるようにいじられて、腹の中がきゅんきゅんと締まるのが自分でもわかった。

「ほら、乳首も立ってきた。えっちなだな～お前」

田乃家がかすれた声で囁く。

「やんっ、あ、ああっ、やっ……あぁ〜……や、だ、また、あっ……」

「いいよ、イケよ」

田乃家は機嫌よく笑って、それから腰をひねるように回しながら千珠の顔に唇を寄せる。

「また中がビクビクしてきた……」

彼の屹立が千珠のいいところを丹念にこすり上げる。

「あ、あんっ、あっあああっ」

「お前をよくしてやってるの、誰だかわかるか？」

抜き差しされるたびに、体が裏返りそうな強い快感が押し寄せてきて、眩暈がする。

「あ、あっ、たっ、たの、いえっ……」

「そうだよ。お前の彼氏の田乃家健太郎だよ」

田乃家は色気たっぷりに長いまつ毛を伏せると、千珠の尖った乳首を指先でぎゅうっとつまむ。

「ヒッ、アッ……！　う、ううっ……」

その瞬間、全身がわななき甘い痛みが陶酔へと変わる。

「千珠、好きって言って」

田乃家は低い声で囁いて、胸をいじっていた指を結合部へと移動させる。

「アッ……」

彼の指先が花芽に触れて、千珠は甘い悲鳴をあげる。

「ん、やっ……ああ、そこ、いじら、ないでっ、あっ！」

「だぁめ……もっと感じて、俺を好きだって言え」

ねだるような声と、ただ快感を煽《あお》るために動く田乃家の指。

(好きって……でも、そんな)

別に本当の恋人でもなんでもないのに、千珠が好きなのは夏生なのに。

頭の隅っこではそう思うのに、田乃家から与えられる甘やかな快感に、溺れかけている。

「言えよ。そのほうが盛り上がる、だろ……？」

田乃家は悪魔のように美しい声で囁いた。

「もり、あがる、ってっ……あああッ」

「好きだよ、千珠。好きだっ……」

田乃家は甘い声で千珠に好きだと繰り返す。

そんなはずないのに。

「ッ……！」

この状況での好きはいくらなんでもズルい。

だがまさに田乃家は千珠に証明したのだ。

この『好き』に意味なんてないのだと。

気持ちいいから、盛り上がるからそう言っているだけだと。

千珠ははくはくと唇を震わせながら、うなずいた。

「あ……す、すきっ……けん、たろっ……」

そう、彼と同じ。この言葉に意味なんてない。

だが好きだと言った瞬間、多幸感で胸がいっぱいになった。

(好きって言葉の威力、すごい……)

なんだか無性に泣きたくなって、とっさに目の前の田乃家の首にしがみつき腕を回すと、田乃家は喉の奥で獣のようなうなり声をあげて、そのまま激しく腰を打ち付ける。

「あ、あッ、ん、ああ〜ッ……アッ、ああっ……！　や、ああ、いってる、イってる、からぁ〜……！」

ケダモノのようにがむしゃらに奥を突かれ、千珠の体は陸にあげられた魚のようにビクビクとシーツの上を跳ねる。

「俺も、くっ、あっ……ちずっ……」

そんな千珠を抱きすくめた田乃家は、そのまま覆いかぶさるように千珠に口づける。

田乃家の舌が口内を這い、それから強く舌を吸われて目の前が真っ白になった。

「ん、んんっ……！」

息が吸えずうめき声をあげる。千珠の意識が曖昧になる。まるで宇宙に打ち上げられたかのような強い快感に、ほんの一瞬意識を失いかけていた。

「クッ、あぁ……出る……っ」

田乃家の言葉に、千珠はぼんやりしながら目を開ける。

ずっと余裕ぶっていた男が眉間にしわを寄せ、千珠の名前を何度も呼びながら、腰を震わせているのは、非常に魅力的で――。

腹の最奥に押し付けられた田乃家の剛直がわななき、暴れまわりながら熱いほとばしりを注ぎ込む。

薄い避妊具越しなのにそう錯覚してしまうくらい、田乃家はなにもかもが熱かった。

(私、やばい男と寝てしまったかもしれない……)

そう思いながら、千珠はゆっくりと目を閉じたのだった。

それからしばらくして、千珠と田乃家はふたりでバスルームへと向かった。バスタブに湯を溜《た》めて派手な色のバスボムを投入すると、みるみるうちに湯船がピンクに染まっていく。

「わぁ……」

ぼんやりと眺めていると、

「千珠、こっち」

先に浴槽に入った田乃家が千珠に向かって両腕を広げた。

「えっ」

手首をつかまれて、よろめきながら湯船に飛び込み、彼の腕の中に抱き寄せられる。

「こういうときは、こう」

背後から抱きしめられて心臓が跳ね上がったが、田乃家は満足そうに千珠の首筋に顔をうずめた。

「わああっ」

「なんだよ」

「なんか……ドキドキして」

笑われるかと思ったが、彼は笑わなかった。

それどころかぎゅっと抱きしめる腕に力を込める。

「いいじゃん。俺、あんたの彼氏なんだからさ」

たとえ偽りの恋人同士だとしても、この男のおかげで千珠はひどく傷つかずに済んだ。

彼の優しさに慰められて、死にたいくらい悲しまずに済んだのだ。

田乃家があの場にいなかったら、きっと千珠はそれこそゆきずりの男に身を任せて、危ない目に遭っていたかもしれない。

「――うん。ありがとう」

ぽつりとつぶやくと、背後の田乃家が一瞬だけ息をのんで。

「風呂出たら、もっかいやろうか」

と冗談めかしたように囁いたのだった。

＊＊＊

田乃家健太郎が轟千珠に出会ったのは中学三年生の十五歳のときで、今から約十二年以上前のことである。

超未熟児で生まれ『健康であればそれで十分』という理由から、健太郎と名付けられた。

両親とふたりの姉に溺愛されて育ったが、中学三年生になってもまだ背が伸びず、ともするとそのかわいい顔も相まって、女の子に間違えられることが多々あった。

あの冬の日もそうだった。

塾を終えたあと、閉店間際の書店でお気に入りの作家の本を購入し、ほくほくしながら帰宅途中、繁華街付近で柄の悪い男たちにいきなり進路を阻まれてしまったのだ。

「え～めっちゃかわいい！　ボーイッシュ美少女、ドストライク！」

「俺たちとカラオケでもいかない？」

男たちは大学生くらいだろうか。根元が伸びて黒くなった金髪と頬が不健康にこけた男の二人組で、煙草《たばこ》とアルコールの匂いが鼻を突く。

その頃の健太郎は身長が百五十五センチと小柄だった。顔立ちは美形の両親のいいとこどりで、女の子に間違えられて当然の可愛《かわい》さではあったのだが、中身はうぶな女の子以上に引っ込み思案だった。しかも学校ではその童顔と背の低さで苛《いじ》められていて、男も女も、とにかく家族以外の人間を憎んですらいたくらいだ。

（家族以外の人類無理……）

無言でその場を足早に立ち去ろうとしたのだが、

「おいおい、ちょっと待ってよ～」

いきなり腕をつかまれてあっという間に路地裏に連れ込まれる。

「っ……！」

健太郎は動揺しつつ腕を引いたが、びくともしない。

「無視すんなって。傷つくじゃん」

「高校生？」

「いや中学生じゃね？」

「犯罪臭～！」

男たちはゲラゲラ笑いながら健太郎を奥へと追い詰めていく。

（こ、こわ、えっ、こわ……こわぁ！）

健太郎は震えながら男たちを見上げる。

「じ、じぶ、あっ」

自分は男だと声を絞り出したが、その声は繁華街の喧騒《けんそう》に溶け込んで消えてゆく。

なぜ、自分はこんな目に遭うのだろう。背が低くたって舐められない男はたくさんいるのに。

いくら勉強ができてもなにも変わらない。

もしかしたら自分は一生こうなのだろうか。いつもおどおどうつむいて、大きな声も出せず、いやなことをいやだと言えない、そんな人生を送り続けるのだろうか。

「ほら、おにーさんたち怖くないからね。ダチがバイトしてるカラオケあるからさぁ。遊び行こうよ。おごってあげる」

「お酒飲んだことある？　飲んだらふわふわして気持ちいいよ～。ちゃぁんと介抱してあげるから、心配しなくていいからね」

男たちが下品な顔と声で迫ってくる。

「っ……」

彼らは健太郎が男だとわかっても難癖をつけて引かない気がする。

学校の先輩たちのように、冗談めかしつつも『本当に男なのか確かめよう』と服を脱がせてきそうな空気がある。

いやだ。

いやだいやだいやだ！

「やめろっ……」

健太郎は体を強張らせながら後ずさった。

背中に背負ったリュックの筆箱の中には、カッターが入っている。

（いざとなったらこいつらを傷つけてでも逃げてやる——！）

そう覚悟を決めた次の瞬間。

「おまわりさ——ん！　痴漢です！！！　酔っ払いが学生に悪いことしてますっ！！！！」

それはあたりに響き渡るほど、ものすごく大きな声だった。

「っ……!?」

驚いて声のしたほうを振り返ると、白いふわふわモコモコのコートを着た女の子が、携帯を片手に大声をあげているところだった。

「あんたたち、通報したからねっ!!」

少女はぎゃあぎゃあと叫びながら、こちらを指さす。

「チッ……」

「おい、行こうぜ」

男たちはパッと健太郎から手を放し、そのまま足早に路地のさらに奥へと逃げ去っていった。

(た、たすかった……?)

その瞬間、ホッとして全身から力が抜ける。崩れるようにその場に座り込むと、女の子は「大丈夫～!?」と言いながら走って近づいてきた。

「ほら、つかまって。もう大丈夫だから」

彼女は健太郎に手を差し出すと、にこっと笑う。

彼女の微笑みを見た瞬間、健太郎の頭のてっぺんに稲妻が落ちた。

それがなにを意味するかわかったのはもう少しあとのことなのだが、とにかくこのときの健太郎は、ぽかんと口を開けて、なにも言えず座り込んだままだった。

そんな健太郎を『怯《おび》えている』と思ったのだろう。

「ちなみに警察呼んだっていうの嘘だから。バレないうちにここ離れよ」

彼女は自らぐいっと健太郎の手をつかんで立たせると、健太郎が着ていたベージュのダッフルコートについた汚れを手のひらで払いながら、首をかしげる。

「ねぇ……きみめっちゃかわいくない？」

彼女は健太郎の顔をじいっと覗き込んだ。

「え？」

「や〜これは危ない。人が多くても繁華街なんだから、酔っ払いも多いし、女の子がひとりで歩いちゃだめだよ」

彼女は目じりが吊り上がった瞳を輝かせながら、まるで子供を叱《しか》るようにメッという表情になる。

だがそういう彼女だって、女の子のひとり歩きではないだろうか。

こんなにキラキラしている彼女が、悪いやつらに絡まれない保証はなにひとつない。

（いや、そういうことじゃない）

気が付けば健太郎の喉はカラカラだった。

「や、ぼく、は」

「僕っ子だ！　でも似合う！　いいね！」

「や、あの」

ダッフルコートの背中をだらだらと汗が流れる。

女の子じゃない。僕っ子でもない。僕は男だ。

だが彼女は健太郎がなにかひとこと口にすると三倍にして返してくる勢いがあって、口下手な自覚がある健太郎はなにひとつ口を挟めない。

(僕って単純だな……きれいなお姉さんに優しくされて、ドキドキしてる)

「──手、震えてる」

「あ……」

言われて気が付いた。自分の体が細かく震えていることに。

いざとなればカッターを振り回してでも己の身を守ろうと思っていたのに、これではリュックすら開けられなかっただろう。

(情けない。男のくせに、震え上がって……)

羞恥でどんどん顔が赤く染まっていく。

すると彼女は健太郎の手を両手で包み込むと、優しい声で囁いた。

「あんなの、怖くて当然だよ。誰だって怖いよ。だから、あなたが傷つけられなくてよかった。

もう、大丈夫だからね」

「っ……」

その瞬間、なんだかむき出しの心を抱きしめられた気がして、危うく涙が出そうになった。

傷つけられなかったなんて、嘘だ。

また女に間違えられたし、危うく犯される危機だったたし、男としてのプライドはズタズタだ。

でも目の前の少女は相変わらず健太郎の手を包み込んだまま、温めてくれている。

そのぬくもりが嬉しくて、涙が出そうだった。

こんなの、全然男らしくない。

(ばか、泣くなっ……)

ひっ、ひっ、と嗚咽《おえつ》を飲み込み、奥歯をぎゅうぎゅうとかみしめてなんとか息を整える。

それからしばらくして、

「――駅に向かう?」

彼女の気遣うような問いかけに無言でうなずいた。

助けてもらっておいてなんだが、一刻も早くこの場から一目散に走って逃げたかった。

年の頃は二十歳前後だろうか。彼女は百五十五センチの健太郎より明らかに背が高かった。

顔立ちは愛嬌のある猫のようで、涼やかな顔立ちのかなりの美人である。

（大学生かな……）

脳裏に健太郎の下の姉の姿が浮かんだ。おそらく同じくらいの年齢だろう。

「じゃあ、行こ」

てっきりここでお別れかと思ったら、なんと彼女は健太郎の手を引いたまま歩き始める。

「⁉」

健太郎の挙動を見て放っておけなくなったのかもしれない。怯えていると思ったのだろう。

確かに怖かったが、だからといって十五の男が年上のお姉さんに手を引かれて歩くのは、さすがに恥ずかしい。

「あのっ」

「塾の帰り〜？　私もそうだよ。ほんとは高校なんてどこでもいいんだけど。幼馴染と同じ学校に行きたかったら、結構勉強しなくちゃいけないことがわかってさ」

「え？」

高校なんて——という彼女の発言が意味不明すぎて、一瞬脳がバグッたような感覚を覚える。

「あと一年、必死で受験勉強頑張らなきゃ……はぁ……」

彼女は大きなため息をつきながら、がっくりと肩を落とした。

驚いた。ずいぶん大人っぽい顔立ちだと思ったがまさかの年下のようだ。

「ちゅ、中二？」

おそるおそる尋ねると、

「そだよ。あ、見えないんでしょ？」

いたずらっ子のように彼女はにんまりと笑った。

「自分でもわかってるよ。私、かなりの愛人顔なんだって。しかも苗字が轟でね。フルネームが『トドロキチズ』よ。んで、ついたあだ名が『スナック千珠』。私もあなたくらいかわいく生まれたかったぁ〜。そしたらきっと人生変わってたんじゃないかな〜！」

彼女は少し大げさなくらい肩をすくめて笑って、つないだ手にぎゅっと力を込めた。

女の子がこんなふうに輝いて見えたのは、生まれて初めてだった。

それから『スナック千珠』こと轟千珠とは、駅に向かうまでの間ずっと他愛もない話をした。

正確にいえば、彼女の柔らかそうな唇からぽんぽんと飛び出てくる話題を「へぇ」とか「そうなんだ」と一方的に聞いていただけなのだが。

最近発売された酸っぱいグミや、テレビドラマの俳優のこと。趣味の編み物の話から、いまだに身長が伸び続けて恐怖！　と大げさに言って震え上がったかと思ったら、アハハ！　と大きな口を開けて笑う彼女は、とても魅力的だった。

（なんか……かわいいな……）

そう、かわいかった。

ころころとアニメーションのように変わっていく華やかな表情と、背が高いことを気にしつつも、背筋をまっすぐに伸ばして歩く姿。彼女からは卑屈なところがなにひとつ感じられなかった。

年齢も、性別すら違うのに、彼女は健太郎よりずっと明るく健やかで、人としてなにもかもが眩しい。

(なんなんだ、この子……)

目が逸らせない。瞬《まばた》きするのが惜しい。なぜか喉が渇いてたまらない。

だがそんな逢瀬《おうせ》はものの十分程度で終わりを告げる。

「ここまで来たら大丈夫だね。私、あっちだから。じゃあね!」

駅近くのロータリーまで到着すると、彼女は唐突に手を放し、ぶんぶんと手を振りながら、雑踏の中に紛れていった。

「ばいばーい!」

「あっ、待って……」

健太郎は思わず、彼女に向かって手を伸ばしていた。

これで終わりにしたくない。もっときみの話が聞きたい。まだ別れたくない。知りたい。

トドロキチズ。

名前だけじゃなくて、もっと他の誰も知らないようなことを知りたい。

そんな願望が喉の奥からせり上がってきたが、それを口に出すことはできなかった。

（そうだ……僕なんかといて、楽しいはずないしな……）

ぐっと奥歯をかみしめ、何度かこちらを振り返って手を振る彼女に手を振り返しながら、健太郎はいつまでも彼女が消えた雑踏を見つめていた。

「スナックちず……とどろき、ちず……」

怒涛のように現れて、一方的にぺらぺらとおしゃべりを聞かされて、そのまま立ち去ってしまった。不思議なひとつ年下の女の子。

彼女のことは不思議と健太郎の胸に深く刻み込まれたのだった。


「それがまさか、十年以上経って再会するとはな……」

健太郎は、頬杖をついてすやすやと眠っている千珠の顔を見つめる。

風呂ではしゃいだあと、健太郎と千珠はもう一度ベッドでゆるやかに抱き合った。

そうっと挿入してそれから味わうように軽く体をゆすり、お互いに長くこの快感が続くようにとセックスを楽しんだあと、千珠は電池が切れたように眠りに落ちた。

一方健太郎はこの夢のような時間を眠って終わらせるのがもったいなくて、千珠を腕に抱いたままずるずると起きている。

健太郎は指の先で千珠の頬を撫でながら、目を細める。

月曜日、社外での打ち合わせを終えて戻ってきた健太郎は、受付ブースに初恋の女の子の面影をそのまま残す美女がいたのを見て、衝撃を受けた。

(『トドロキチズ』だ！)

千珠は中学生の頃からなにも変わっていなかった。もちろん年相応にはなっていたがひと目で彼女だとわかった。

健太郎の脳内で何度もあの夜は繰り返されている。

擦り切れることがない、美しい思い出。

生まれて初めて好きになった、初恋とも呼べる女の子の顔を忘れるはずがない。

彼女が彼氏云々と話しているのを聞いて『そりゃ、恋人くらいいるよな』と失恋気分を味わったのもつかの間、社員食堂でマッチングアプリをダウンロードし始めた千珠を見て仰天し、思わず声をかけてしまったのだ。

(他の男に取られなくてよかった……)

恋人の振りを申し出るなんて、他人だったらドン引き間違いなしの所業である。だが健太郎は後悔など微塵もなかった。

あのまま声をかけなかったら、今頃千珠は適当な男を見繕っていて、もしかしたら今自分が寝ている場所に、別の誰かが横たわっていたかもしれないのだ。

(それにしても、まさか千珠の初恋の相手が木村だったとは……)

幼馴染と同じ高校に行きたいと言っていた千珠のことを思い出すだけで、胸の奥がザラザラして気分が悪くなる。不愉快極まりない。

木村とは同期だが部署が違うこともあり、人となりは知らない。だが残念ながら悪いヤツではなさそうである。

どうやらあの男、健太郎が苦手としている教室の人気者系らしい。

元いじめられっ子で、不愛想で陰気で、インテリヤクザだのマフィアの参謀だの言われている健太郎があの男に勝つには、まともにやっても無理だろう。

「なぁ、千珠……どうしてもあいつじゃなきゃダメなのか？　俺もそこそこの有望株だぞ？」

目を覚まさないことが分かっていて、静かに彼女に問いかける。

健太郎は高校二年生から留学し、そのままアメリカの大学へと進学した。

引っ込み思案の人間嫌いのくせして留学だなんて、どう考えても無理があると家族は戸惑っていたが、健太郎の意思は強かった。

あの子みたいに、軽やかに自由に、のびのびと生きてみたい。

もっと自分に自信を持ちたい。そう思ったのだ。

そして健太郎は単身留学を決めたのだが、異国の水が合ったのか、寮生活を始めてから健太郎の遅れぎみだった第二次成長がいっきに加速した。

身長は毎年十センチずつ伸び大学に入学する頃には百八十を超え、卒業したときにはさらにもう六センチも伸びていた。

かわいい健太郎を溺愛していた母や姉たちは『子犬の健太郎がかわいくなくなった……でっかい犬になった……』としょんぼりしていたが、変わったのは見た目以上にその中身だ。

引っ込み思案だった健太郎は、己の言葉で他人に気持ちを伝えることができるようになったし、いやなことははっきりといやだと言い返せるようになった。

自分のことは自分で決める。自分の身に起こったすべての責任は自分が負う。

そう決心してから、健太郎の世界はずいぶん息がしやすくなった気がした。

「俺はあんたを絶対に逃がさないからな」

健太郎はぽつりとつぶやき、相変わらずすやすやと眠る千珠のこめかみにキスを落とす。

こうやって初恋の女の子であり、自分をひとりで立てる男にしてくれた千珠に再会した今、健太郎はただ前進あるのみである。

たとえ彼女に好きな男がいようとも諦めるなんて発想は、彼の辞書にはないのだった。

＊＊＊

土曜の朝、目を覚ましたのはほぼ同時だった。

千珠がぼうっとした頭のまま目を覚ますと、すぐ目の前に恐ろしく整った男の顔があってあやうく心臓が止まりかける。

「ひっ」

体を震わせた次の瞬間、男の鳥の羽のように長いまつ毛が持ち上がり、何度かゆっくりと羽ばたく。

寝起きで多少髭《ひげ》が伸びていたが、彼の場合はそれがマイナスにはならない。セクシーでワイルドで、寝起きだというのに絵画に出てくる神様のように美しかった。

「おはよ」

にやりと唇の端をあげて笑う田乃家に、

「おっ……おはよう」

千珠がかすれた声で応えると、彼は千珠の頬にかかる髪を指で払いのけ、それからゆっくりと額に唇を押し付けた。

ちゅっとリップ音を響かせたあと、そのまますりすりと千珠の頭を大きな手で撫でる。

「なんか腹減ったな。シャワー浴びてからモーニングでも食いに行く？」

そのごく普通の恋人同士っぽいやりとりに、千珠の心臓はきゅうっと縮み上がった。

自分で選んだことだし、流されたとは言わない。

だが今は、田乃家と恋人のように時間を過ごす気にはなれなかった。

「――帰る」

「え？」

田乃家が驚いたように目をぱちくりさせる。

「友達と会う約束してたの。ごめん、もう出なきゃ」

できるだけ感じが悪くならないように、千珠は笑ってベッドから抜け出すと、床に散らばっていた衣類をかき集め慌ただしく身に着ける。そして財布から一万円札を数枚取り出し、テーブルの上に置いた。

「これ、ホテル代と食事代の半分」

「いや、いらねぇけど」

若干ムッとした声が返ってきたが、そのことに対しては気付かないふりをした。

「私は割り勘のほうが気楽なんだよね」

そして備え付けの電話の受話器を持ち上げて受付に「先に一人出ます」と早口で告げる。

「千珠」

背後から田乃家がベッドから抜け出してくる気配がしたが、ほぼ同時にカチャリとドアのロックが外れる。

「じゃあ……昨日は、いろいろとありがとう」

千珠は早口でそう言うと、体当たりするように慌ただしくドアを押して部屋を飛び出した。

気まずくて、とても田乃家の顔を振り返ることはできなかった。

背中で強引にドアを閉めたあとは、そのまま早足でエレベーターへと向かったのだった。

朝帰りした千珠は木村家のドアの前を通りながら、轟家へと帰る。時計の針を見ると朝の九時を回っていた。

(夏生はあのあとどうしたのかな……)

麗を追いかけて雑踏に消えた、夏生の後ろ姿が瞼の裏に浮かぶ。

もしかしたら千珠と田乃家のように、麗とホテルに行ったかもしれない。絶対にないとは言い切れないだろう。その可能性を考えるだけで泣きたくなる。

自分は男と寝たくせに、だ。

（……我ながら勝手だな。最低すぎる）

己の心から消えない醜い感情に吐き気がした。どうやったらこの嫉妬心を捨てられるのだろう。どうやったら――。

「はぁ……」

大きなため息をつきつつ鍵を開け、ドアノブに手をかけた次の瞬間、隣の木村家のドアがガチャリと開いて、

「千珠！」

と夏生が飛び出してきた。

まさかのタイミングに思わず飛び上がるくらい驚いてしまった。

もしかしたら千珠の帰りを待ち構えていたのだろうか。

「な、夏生？」

「――ちょっといいか」

彼は妙に神妙な顔をしていた。

迷ったのは一瞬だ。麗との関係が進んだと聞かされるのは死んでもいやだが、千珠は夏生を

絶対に無視などできない。

「いいけど……。うちに来てもらってもいい？」

「うん」

夏生はそのまま家を出てきて、千珠と一緒に轟家のドアをくぐった。

「ただいま～」

「お邪魔しまーす」

声をかけつつ、慣れた様子で靴を脱いでいる夏生を振り返る。

「飲み物持っていくから、部屋で待ってて」

「わかった」

夏生はこくりとうなずいて、千珠のバッグを受け取ると、いつもの調子で千珠の部屋へと向かう。

(朝帰りしたとかいう雰囲気ではなかったな……)

ゆったりとしたカットソーにデニム姿の夏生は、いつもの『休日』の夏生だ。

とりあえず麗とはなにもなかったと思っていいのだろうか。

緊張しつつ、キッチンでグラスにはと麦茶を注ぎお盆にのせる。

「お待たせ」

部屋のドアを開けると、夏生がベッドにもたれるように背中を預け、膝を立てて座っている。

お茶を持っている千珠に気が付くと、ベッドの下から小さな折り畳みのちゃぶ台を取り出して、手早く広げた。

「ありがと」

言わなくても動いてくれるのは、やはりふたりの付き合いの長さがあるからだ。

居心地のよさを感じると同時に、彼にとって自分はやはり家族に近いのだろうと気づいて、切なくなる。

正面に腰を下ろすと同時に、千珠は明るく問いかけた。

「あのあと、ふたりで話とかできた？」

「え、あっ……うん。駅まで送っただけだけどな」

夏生は少し照れたように笑って、長い足を引き寄せて視線をさまよわせる。

「麗ちゃんさ、女子校育ちでそういう免疫なくて。それで恥ずかしくなったんだって」

「恥ずかしく……」

そういえばあのとき、田乃家から『いつまで待てばいいんだ』と言われて、変な雰囲気になったことを思い出し、千珠は「ああ～……」とうめき声をあげた。

（そういえば、中学から大学までずっと女子校だったって言ってたっけ……）

軽く自己紹介をしたときに、そんな話を聞いた気がする。

そんな生粋《きっすい》のお嬢様が、目の前で同僚が抱くだの抱かないだの言っていたら、いたたまれなくなっても仕方ない。

「お前が田乃家といちゃつくから悪いんだぞ」

夏生がちょっとからかうように笑い、それから栗色《くりいろ》の目を優しく細めながらお茶の入ったグラスを口元に運ぶ。

千珠のせいで好きな女の子とおかしな空気になったのに、責める気配は微塵もなかった。

「いちゃつくって……」

千珠は苦笑しつつ、目を伏せる。

（そっか。私が朝帰りした時点で、田乃家と寝たってバレてるんだ……）

実際セックスしてしまったのだから、否定できない。

千珠を見つめる夏生の茶色い目には、嫉妬の色はなにひとつ浮かんでいなかった。

その事実がちくりと千珠の胸を、針のように突く。

（今の私、世界で一番愚かな人間かもしれない……）

こんな状況にしたのは自分なのに、千珠は、自分の気持ちに微塵も気づいていない夏生を恨めしく思ってしまうのだ。

（やだなぁ……。私、ものすごく性格が悪くなっている気がする……）

やはり嘘なんてつくべきではなかった。

辛いからと田乃家に甘えるんじゃなかった。

本当に、自分の浅はかさに心底腹が立つが、もうやってしまったものは仕方ない。

「そっか……なんかごめんね」

そんな葛藤を抑え込み、千珠はできるだけ明るい声で笑った。

「それで今更だけどさ。夏生が好きになった女の子って持田さんなんでしょ？　ずっと持田さんって呼んでたのに、麗ちゃんに変わってるし」

「えっ……あ～……うん。そう。名前は、そう呼んでいい？　って一応許可取ってだけど」

夏生は照れたように笑って、それから照れくささをごまかすように、麦茶のグラスに口をつけた。

頬をうっすら赤く染めて微笑む夏生の顔はキラキラと輝いている。

彼の唇はうっすらと濡れて、それが妙に煽情的《せんじょうてき》で。好きな女性のことを思う男は、こんなにも色っぽいものなのかと改めて突きつけられた気がした。

（本当に、彼女のこと好きなんだな……）

胸が痛い。

「──どんなところを好きになったの？」

「えっ？」

夏生は驚いたように目を見開いたが、千珠も驚いてしまった。

まさか自分の口からそんな言葉が出るとは思わなかった。

今までこんなことを夏生に聞いたことはなかったから、彼も少しびっくりしているようだ。

なんと言おうかと口ごもっているのがわかって、

「あっ、ごめんやっぱりいい。なんか幼馴染のそういう話、照れくさいし」

慌てて首を振ると、夏生は苦笑しつつ立てた膝の間に顎《あご》をうずめて、からかうように口を開く。

「お前と田乃家のイチャイチャを見せられた、俺の気持ちがわかったかよ」

「……もうあんなことはしないってば」

そう、次はない。

千珠は笑顔の裏で固く決意する。

食事会は終わったし、もうわざわざ人前で恋人ごっこをする必要はない。

そして夏生の恋を邪魔するなんて、無駄なこともやめよう。

千珠はもう、夏生の親友以上にはなれないのだから。

どこか硬い表情の千珠に夏生は軽く首をかしげたが、

「麗ちゃん、千珠と仲良くしたいって言ってた。よかったらまたメシ行こうぜ」

と、大好きな彼女の言葉を思い出したのか、ほんのりと優しい顔になる。

「うん、そうだね。そのうちね」

千珠はニコニコ笑いながらうなずいた。

(ごめんね、夏生……次はもうないから)

そう思いながら、千珠は相変わらずちびちびと麦茶を飲む夏生の顔を、いつまでも見つめていたのだった。

三章　俺はお前に本気だけど

週明け、ロッカールームで身支度を整えていると、

「おはようございますっ」

と、元気な声が響く。

声のしたほうを振り返ると、そこにどこか緊張した様子の麗が立っていた。

「持田さん、おはよう」

千珠ののんびりした挨拶に麗はホッとしたように息を吐き、それから改めて千珠に向き合い、深々と頭を下げた。

「金曜日はすみませんでした。あの……とても失礼な感じで別れてしまって」

うつむいた麗の顔が強張っているのが見てわかる。

頬にかかる髪を指で耳にかけながら、何度も唇を引き結んでいる。

（まだ気にしてたんだ……）

夏生から『慌ただしく立ち去った理由』は聞いているし、そもそも麗はなにも悪くない。

千珠はぶるぶると首を振った。

「いやいや、全然気にしてないよ。私こそ……その、なんていうか、お恥ずかしいところを見せてしまって……ごめんね？」

そもそも空気を変にしたきっかけは田乃家だ。仮に麗から軽蔑されるならあの男ひとりに責任を押し付けたいくらいである。

千珠がいつものように能天気に笑うと、麗はホッとしたように息を吐き、ふっくらとした胸のあたりに手のひらを置いた。

「よかった……謝らなきゃって、ずっと思ってて」

「本当に気にしないで。私のほうが恐縮しちゃうから」

「そう、ですね。じゃあこれで最後にします」

麗はふうっと息を吐くと、それからバッグからスマホを取り出す。

「あの、では改めてなんですが。よかったら連絡先を交換してくれませんか？」

黒目がちのうるうるした目に見つめられると、不思議なことに彼女がだんだんポメラニアンに見えてくる。

（かわいすぎる……）

千珠はほっこりしつつ麗の顔を覗き込んだ。

「もちろん」

千珠はうなずき、スマホを差しだしてメッセージアプリのＩＤを交換する。

「嬉しいです」

麗は黒目がちな瞳をキラキラさせながら、メッセージアプリの千珠のアイコンをじいっと見つめた。

「このアイコンって、何かのキャラクターですか？」

「それは私が作ったぬいぐるみよ。夏生の妹に頼まれて作ってるの」

夏生の妹は今小学六年生なのだが、彼女の三歳の誕生日から、千珠は毎年手のひらサイズの手作りクマをプレゼントしているのだ。

最近はアイドルにハマっているらしく、十二歳になった今年は、首に推しのメンバーカラーであるピンクのリボンを結んであげたら、大喜びされた。

「ええっ、こんなぬいぐるみを作れるなんて、すごいですっ……！」

麗はアイコンをタッチして拡大すると、何度もかわいい、かわいいと声を抑えつつも興奮したように繰り返していた。

麗の普段のファッションの傾向からして、彼女もこういったぬいぐるみやかわいいものが好きなのかもしれない。

（かわいいものが好きなかわいい女の子……。羨ましいなぁ……）

夏生が好きな女の子が、まさに自分がなりたい女の子すぎて、胸がきゅうっと締め付けられるが、彼女はなにも悪くない。ただ一方的に千珠がコンプレックスを抱いているだけだ。

（不毛な嫉妬するの、やめなきゃ……）

それから麗はスマホを握りしめたまま、思い切ったように千珠を見上げた。

「もしご迷惑じゃなかったら、仕事以外のところでは千珠さんと呼んでもいいですか？」

「勿論。じゃあ私も麗ちゃんって呼んでもいいかな？」

その瞬間、麗の表情がぱーっと明るくなる。

「ぜひ！　友達みたいに話してもらえたら嬉しいです」

恋敵と仲良くしたら追々辛くなるとわかっているが、麗はとても魅力的な女の子で、やはり無視することは難しかった。


昼休み、麗の気遣いで先に休憩を貰《もら》った千珠は、ひとりでまた社員食堂に向かった。

（はぁ……疲れた、疲れた……）

長らく無職生活を満喫していた千珠は、疲労感をおぼえながらきつねうどんをトレイにのせて窓辺のテーブル席に座る。

会社の窓から見えるオフィスビル群は、いかにも都会という景色で、ひとりでぼんやり座っていると、なんだか自分がちっぽけな存在のように思えてきた。

(考えてみたら、まだ一週間しか経ってないのよね……)

夏生に好きな人ができたと聞いて、なんとかしてそれを阻止しようと考えて。

せっかく夏生の勤め先で働けるようになったのに、なぜか嘘の彼氏を作って夏生の恋を応援する立場になってしまった。そして彼氏(仮)と寝てしまい、めちゃくちゃ後悔している。

すべてが悪循環で、最低な方向にから回っているようだ。

「はぁ……」

せめて麗が漫画でよくあるような、意地悪であざとくて、マウントをとるような女の子だったらよかったのに。残念ながら現実はそうじゃない。

むしろ自分のほうが、ヒロインに嫉妬して意地悪をする悪役女の立ち位置にいる気がして、気が滅入《めい》る。

(麗ちゃんは全然まったく悪くないし……素直で純粋で、いい子だもん……)

さすが夏生が好きになる女の子だと思うと同時に、だから自分は選ばれないのだと泣きたくなる。

千珠は唇を引き結び、何度目かの大きなため息をついた。

「……ご飯食べよ」

そうだ。ここでため息をついていても仕方ない。生きるためには働かなければならないし、お給料を貰っている以上職務はまっとうするのが千珠のポリシーだ。

「よしっ、いただきます」

手を合わせてうどんをすすろうとした次の瞬間、正面に本日の和定食がのったトレイがいきなり置かれた。

他にも席は空いてるのに？　と顔をあげた瞬間、

「ここ、座っていいかな？」

見知らぬ男性がこちらに向かって微笑んでいた。年の頃はアラサーくらいだろうか。上等なスーツの襟にはエール化粧品の社章が光っている。

「――どうぞ」

千珠はにこやかにうなずき、うどんをつるつるとすすり始める。

「最近入ってきた、受付の派遣さんだよね」

「あ、はい……」

ハンカチで口元をぬぐってうなずくと、彼は身を乗り出すようにして、

「仕事はもう慣れた？」

と首をかしげた。

「そうですね」

まったくもって実のない会話だが、これは天気の挨拶のようなものなので、特に気にはならなかった。

そうやってうどんを食べながら適当な会話をしていると、

「ところで今度、食事でもどう？」

と誘われて、ビックリしてしまった。

「え？」

「俺、経営企画部なんだけどさ。仕事で困ったことあったら、なんでも相談のるよ」

そして彼は胸元から名刺を取り出し、テーブルの上にのせる。

（いや、仕事でわからないことがあったら同僚に相談しますけど……）

と思ったが、飲み込んだ。仕事にかこつけているが、要するに誘われているのだろう。もちろん千珠にその気はない。

「えっと……」

どう断ったものかと考え込んでいると、

「土屋《つちや》さん、こういうのはよくないんじゃないんですか？」

頭上から声がして、名刺がすっと取り上げられる。

顔をあげるとそこには上等な濃紺のスーツに身を包んだ、田乃家が立っていた。

「たっ……田乃家」

土屋と呼ばれた男は、田乃家を見てゲッという顔になり、頬をひきつらせる。

「親切もほどを過ぎると、いろいろ誤解されますよ？」

そう言う田乃家の顔はにっこり笑っているが、妙にどす黒い。

「ハハッごめんごめん。お前の言うとおりだな！」

土屋は少し早口でそう言うと、トレイを持って慌ただしく席を立ってしまった。

「ここ、空いてるよな」

千珠の返事を聞かないまま、有無を言わさず腰を下ろし切れ長の目で千珠を見おろす。

「空いてます……けど」

とりあえずうなずいたが、なんだか気まずい。彼の目をそれ以上見返すことはできなかった。

視線から逃げるようにうつむく。

（まさか話しかけられるとは思わなかった……）

土曜の朝、逃げるように別れてから数日。正直言ってかなり気まずい。

千珠は無言でつるつるとうどんをすすりながら、ちらりと目の端で田乃家を見つめる。

（なんか怒ってるっぽいけど、顔が怖いからそう見えるだけかな……）

副菜のレンコンのきんぴらを上品に口に運ぶ田乃家の日本人離れした美しい横顔は、彫刻のように整っている。

さらに目立たないよう周囲の様子を観察すると、少し離れたテーブル席についている女子社員たちが、明らかに田乃家をチラチラ見ながら、ひそひそ話をしていた。

（もしかしたら、私が女除けとしての機能を果たしていないことが不満とか……？）

千珠としてはもうあれっきりにして欲しかったが、彼に慰めてもらった以上、貰った分くらいは返さないといけないかもしれない。

なんて考えていると、

「さっきの土屋ってやつ、既婚者なのに派遣社員に手を出して、揉めたことがあって」

と、田乃家がぽつりとつぶやいた。

「あぁ……だから助けてくれたんだ。ありがとう」

どうやらそれが彼のいつもの手なのだろう。気の弱い女の子ならそのまま流されたかもしれない。

「や、別に。彼女にちょっかい出されそうになったから、割り込んだだけだし」

田乃家はさらりとそう言って、味噌汁《みそしる》の椀を口に運んだ。

彼女──。

彼はまだ千珠を『恋人（仮）』とみなしているようだ。

「ねぇ、田乃家さん。こういうの、いつまで続けたらいいの？」

周囲に聞かれたくなくて、椀に唇をつける田乃家に、そうっと顔を近づけて尋ねると、彼は持っていた椀をトレイの上に置き、同じく千珠に顔を近づけ囁いた。

「健太郎」

相変わらず名前を呼べと言いたいらしい。

仕方ないなぁと思いつつも、

「職場ですから、田乃家さん」

と答える。田乃家は仕方ないと軽く肩をすくめた。

「で、いつまでこういう関係を続けるんですか？」

と尋ねる。

「ずっと」

「えっ？」

「ずっとだ」

思わず耳を疑ったが『ずっと』と言われて固まった。

「いや、それはいくらなんでもおかしいと思いますけど」

「おかしくない。たった一週間でなにが変わるって言うんだよ」

「それはそうだけど……」

少し考えて、口を開く。

「じゃあ夏が終わるまで？」

だが田乃家はそれを聞いて鼻でフッと笑った。

「秋から冬にかけて滅茶苦茶モテるんだ。イベントが多いからな」

田乃家は魚の骨を箸で優雅に取り除きながら、言葉を続ける。

「クリスマスが終わったら今度はバレンタインがあるだろ。よく知らない他人からチョコレートとかプレゼントとか受け取りたくないんだよ。受け取らないのも、受け取って捨てるのもどっちもストレスだし」

「な、なるほど……？」

チョコのみならずプレゼントを捨てると聞いて若干引いてしまったが、モテモテ男子はえげつない量を貰うのかもしれない。

「取引先とかからも貰うんだ。さすがにその場では突っ返せなくて困る」

田乃家ははぁと軽くため息をついたが、ふと思い出したようにニヤッと笑った。

「ああ、でも四人で食事行ったのは結構効いたみたいで、何人かにお前のこと聞かれたよ。彼女だって言っといたから」

「ええっ、ひどいっ！」

他人の目が気になってお行儀良くしていたのに、思わず素で大声が出てしまった。

「ひどくない」

田乃家はきれいな箸使いでごはんを口に運んだあと、切れ長の目を細めながら箸を進める。

「でも……さすがにずっとは無理でしょ」

「なんで？」

田乃家が箸をとめて、食い入るように千珠を見つめる。

「なんでって……それ本気で聞いてる？」

先週の金曜日、千珠は夏生が麗を追いかけるのを見て、耐え切れずに泣いてしまったのだ。

「や、マジでわかんねぇ」

「――――」

田乃家は見ていたはずだ。ハッキリ口にはしていないが、千珠が夏生を思っていることに気づいたはずである。

（本当に？　本当はわかってなかった？　私の気持ち、バレてないの？）

確かめたいがここは社員食堂だ。誰が聞いているかわからない。

口ごもる千珠を見て、田乃家は軽く肩をすくめた。

「なんにしろ、お前には当分、恋人としての役目を果たしてもらうから」

「横暴……」

呆れた千珠が唇を尖らせると彼はニヤリと笑って、前髪がふれるほどの近さで、低い声で囁いた。

「俺にあんなにさらけ出しておいて、今さらなかったことにしようなんて虫がよすぎるだろ」

「っ……！」

田乃家のセリフに千珠の全身が赤く染まる。

それは明らかにふたりの間にあった、あのセックスを指していて――。

「もうっ……！」

どう考えても、明るく健全な社員食堂でほのめかす話ではない。

千珠は無言で田乃家の腕のあたりをバシバシと叩く。

「あはは！」

田乃家は楽しそうに笑って千珠にしばらくの間叩かれていたが、それから機嫌よく目を細めて、千珠の手を取りテーブルの上で握りしめた。

「俺、お前に本気だよ」

「――は？」

千珠が首をかしげると、田乃家は何事もなかったかのように定食に向き合い、また箸を動かし始める。

（本気って……は？）

この状況で言う本気とは『田乃家が千珠を本気で好き』ということで――。

「は？」

どう考えてもおかしい。こんな上等な男が千珠を好きになるはずがない。これまでダメンズとしか付き合っていない自分に、そんな奇跡が起こるはずがない。

「なにか、たくらんでいらっしゃる……？」

おそるおそる尋ねると、田乃家はまたプッと噴き出して、

「お前、ほんとおもしれーよな」

と肩を揺らして笑いだしてしまったが、千珠にはなにが面白いのかさっぱりだ。

（普通に生きてて、まさか俺様男子から『おもしれー女』認定を受けるとは思わなかったわ……）

千珠は唖然《あぜん》としながら、妙に上機嫌な男をぼんやりと眺めるのだった。

その後田乃家は千珠への態度をあまり隠さないようになった。社員食堂に行く時間が決まっているので、田乃家が社内にいるときは必ず隣に座られてしまう。

二週間もすればたとえ千珠の隣の席が空いていても『彼女の隣には田乃家が座る』と認識されたのか、誰も千珠の近くに座らなくなった。

たまに女子社員の品定めをする視線を感じて背筋がぞっと寒くなるが、とりあえず女除けをしたいという田乃家の思いどおりにはなっているのだろう。

(田乃家って、ほんとなんなの……？)

彼は千珠に『本気』だと言ったが、千珠は自分が本気で好きになってもらえるような人間ではないとわかっている。

田乃家に好かれる理由がない。

確かに一晩を一緒に過ごしたが、田乃家ほどの男なら千珠にこだわらずとも、いくらでも相手は選べる。性欲を解消したいだけだったら、遊び相手にだって困らないはずだ。

(本気とかありえない。きっとなにかたくらんでるんだ……！)

来客が一区切りついたところで、千珠は席から立ち上がり、麗へ声をかける。

「打ち合わせが終わった会議室の片づけに行ってきますね」

「はい、お願いします」

会議室の予約の数だけ、片付けの仕事もあり、それも受付の仕事のひとつだ。

（まぁ、私は座ったっきりの受付より、掃除でもなんでも体を動かすほうが好きなんだけどね）

ゴミ袋片手にスタスタと会議室へと向かうと、前から打ち合わせを終えたらしい女性の集団が近づいてきた。

「お疲れ様です」

千珠が軽く会釈して横を通り過ぎると、

「――派遣のくせに……」

すれ違いざまにぼそりと聞こえた声に、千珠は目を丸くして、思わず立ち止まってしまった。

誰に向けた言葉なのかと周囲を見回すが、自分以外には誰もいない。

間違いなく己に向けられた侮蔑発言である。

「わぁ……いじめが古典的……」

思わず口から嫌味が飛び出していた。

「っ……」

まさか言い返されるとは思わなかったらしい。千珠のつぶやきに、その三人の女性は頬をひきつらせながら、立ち止まった。

「は？　今、なんて？」

その瞬間『お、やる気か？』と千珠の心の中の戦闘民族がいきり立った。

今なんて、というのはこっちのセリフである。

少女漫画のヒロインなら傷つき涙ぐむところだろうが、千珠は伝説のヤンキーの妹で、なおかつ前職でもわがまま社長の散々な理不尽に耐えてきた経験がある。知らない人間の嫌味くらいで傷つくような、ガラスのハートの持ち主ではない。

むしろ一周回ってあからさまな悪役ムーブを失笑するくらい、心臓に毛が生えている。

「ですから……すれちがいざまに嫌味を言うなんて、古典的な意地悪だなぁって」

千珠が軽く微笑みながらそう答えると、

「いい性格してるわね、あなた」

「騙《だま》されてる田乃家さんがかわいそうっ」

「どんだけ猫かぶってんのよ」

その三人の女性は、やはり田乃家のファンだったらしい。彼女たちは千珠をあっという間に取り囲んでしまった。

（なによ、やる気ってわけ……？）

そうなると千珠も臨戦態勢に入るしかない。

舐められてたまるかと、彼女たちを見回し胸を張った。

「田乃家さんが騙されてるって言いますけど、それ本気で思ってます？　あの人に限って、そんなわけないじゃないですか」

そう、田乃家が女に騙されるなどあるはずがない。

若干恥ずかしいが、うかつなふるまいや発言で上げ足を取られたり、振り回されているのはいつも千珠のほうだ。常に負けっぱなしである。

「は？　じゃあその性格、田乃家さんが知ってるっていうの？　そんなわけないじゃない。彼はエリートなのよ。あんたみたいな女選ぶはずないわっ！」

意地悪社員の指摘にかちんときたが、一部においては正しい。

「あぁ……それは、そうですね……。私も変だなって思ってます。私に本気だなんて、なにか裏があるんじゃないかって、ずっと思ってますから」

そう、千珠としては正直に答えたつもりだが、彼女たちからしたらマウントを取ったように聞こえたのだろう。

「やだ、信じらんないっ」

「なんなのこの女っ！」

と悲鳴じみた声をあげ始める。

まさに火に油状態だ。その瞬間、千珠も自分のミスに気が付いた。

「あっ、ちょっと待ってください。今のはそういう意味じゃなくてっ……」

慌てて言いつくろおうとしたところで、

「千珠」

と声がした。振り返ると、なんと田乃家が立っている。

ノートパソコンを小脇に抱えているので、彼もまた会議が終わったところなのかもしれない。

「なんでゴミ袋片手に、取り囲まれてるんだ？」

突然の田乃家の登場に、女性社員たちはぱっと表情を変えて、いかにも心配してますという雰囲気で突然上目遣いになった。

「あっ、田乃家さん！　同僚として忠告するけど、こういう派遣？　で働いている人と親しくするのは、やめたほうがいいと思うわっ」

「そうよ。なんていうか、田乃家さんの格が落ちちゃうっていうか……！」

「俺の格？」

姦《かしま》しい女性陣の発言に、田乃家がうんざりした表情で肩をすくめる。

「そうよぅ～。お祖父《じい》さまは大臣まで務められた大地主で、伯父さまはわが社の常務じゃない。

これまで付き合う相手は選んできたでしょう？」

田乃家を前にして変貌した、三人の気持ち悪いくらいの猫なで声に背筋が震えたが、と同時に田乃家の華麗な経歴に思わず耳を疑ってしまった。

（大臣に地主に、エール化粧品の常務……!?）

普段のふるまいから、なんとなくハイソサエティな家庭の出なのだろうとは思っていたが、想像以上のおぼっちゃまぶりに、千珠は目を見開き、あんぐりと口を開けたまま田乃家を見上げる。

「そ、そうだったの……？」

「やだ、田乃家くんの背景、知らないふりっ？　あざとすぎ〜」

「この会社にいて、知らない子はいないわよ！」

目ざとく女子社員たちが非難の声をあげる。だが千珠は慌てて首を振った。

「いや、本当に知らないですよ……！　っていうか、普段の田乃家さんが『大臣の孫で地主の家の子』なんて、名札下げて歩いてるわけでもないですし……！　知りようがなくないですか？」

「ぶはっ！」

千珠としては至極真面目に答えたつもりなのだが、隣の田乃家がもう我慢できないと言わんばかりに噴き出してしまった。

「千珠、俺はお前のそういうところがすっげえ好きだよ」

彼はげらげら笑いながら、機嫌よく千珠の肩を抱き寄せつつ、おでこのあたりに彼の顔が近づく。

腕の中に引き寄せられた瞬間、ふわりと彼の香水が漂った。

「じゃあさっそく『付き合う相手』選ばせてもらうけど……」

千珠を抱いたまま、田乃家はすうっと目を細めて、低い声で言い放つ。

「働き方の違いくらいで、人を見下してもいいっていう精神ゾッとする。同じレベルだって思われたくないから、俺に話しかけないでくれる？」

その瞬間、廊下を歩いていたほかの社員たちがクスッと笑い、笑われた女性社員たちはカーッと羞恥で顔を赤くしたかと思ったら「田乃家さんのためを思って忠告してあげたのに！」と捨て台詞《ぜりふ》を吐き、走り去ってしまった。

姿が見えなくなると、とたんに気分が軽くなった。ムカついて言い返してしまったが、やはり楽しいことでもないので、ほっとする。

「——ありがとう」

「別に」

そして田乃家は千珠の耳元に顔を寄せる。

「俺、お前のそういう素直でとぼけてて、でも負けん気が強いところ、いいと思う。好きだよ」

彼の低音ボイスはまるで千珠の肌を撫でつけるような魅力があって――。

「っ……」

粟立《あわだ》った首筋を手のひらで押さえると、田乃家は面白そうにくすっと笑って、ひらりと手を振りスタスタと行ってしまった。

好きだよと言われた言葉が体の中で暴れまわっている。

(もうっ、なんなのよ、あいつっ……)

別に田乃家のことなんかなんとも思っていない。そもそも千珠は夏生のことがずっと好きだし、夏生と田乃家は全然違う。見た目も性格も、全然タイプじゃない。

傷ついたときに目の前にいた、一回寝ただけの男だ。

(だけど……あいつに好きって言われたら、妙にそわそわした気分になっちゃうのよね)

男として好きではなくても、彼には人を惹きつける魅力のようなものがあるのだろう。

「魔性の男ってやつね……こわ……」

千珠は手のひらで顔をあおぎながら、会議室へと急ぎ足で向かったのだった。

そうして、つまらないいやがらせを受けつつも、四人の食事会からさらに三週間ほどが過ぎたある日のこと。

「えっ、花火大会？」

「これから毎週あっちこっちで花火大会あるだろ。さっき麗ちゃんを誘ったらさ『千珠さんも一緒なんですか？』ってキラキラした笑顔で言われて……というわけでお前も行かない？」

社員食堂で冷たいおそばをつるつると食べていた千珠は、夏生の誘いにぴたりと箸を止めて天井を見上げた。

（花火かぁ……）

夏もいよいよ本番だ。過去何度か恋人と行ったことはあるが、夏生と花火なんてここ十年くらいは経験していない。正直、行けるものなら行きたい。邪《よこしま》な気持ちしかないが、めちゃくちゃ夏生の浴衣姿《ゆかたすがた》が見たい。

だがこれはデートでもなんでもない。むしろ千珠はお邪魔虫の数合わせだ。

「田乃家と花火行く予定だった？」

うどんを食べながら問いかける夏生の言葉に、千珠はぷるぷると首を振った。

「いや……仕事、忙しいみたいで」

そう、あれほどの熱烈アプローチをしてきた田乃家だが、どうやら仕事が忙しいらしく、社員食堂でも顔を見なくなっていた。

するとと夏生がふと思い出したように、

「そういや田乃家、新商品の展示企画のチームリーダーになったとか聞いたな。かなり忙しそうだし……毎日終電だろ」

と、教えてくれた。

(チームリーダーかぁ……大変なんだろうな)

前職がファッション系だったので、ＰＲ部の忙しさは想像できる。

一見華やかに見えて、勤務時間内は打ち合わせやミーティングに時間を奪われて、ほかの社員が退社し始める頃から自分の仕事に取りかかる。遅い人はいつまでも残って仕事をしているイメージだ。

「へぇ……そうだったんだ」

たまに真夜中に電話がかかってくることもあり、出られないときはメッセージアプリに『おやすみ』と入るので気づいたら『おやすみ』と返しているが、あの時間まで仕事をしているとは思わなかった。

すると夏生が眉をひそめてメッという顔をする。

「そうだったんだ〜じゃ、ないだろ。恋人なんだから、少しは気遣ってやんなさい」

完全にお母さんのセリフである。

「そ、そうね……うん」

こくりとうなずきつつも、今は夏生の話だ。

「まぁ、私のことはおいといて……。花火を見に行くって言うけど、ここで私を誘ったらデートにならないじゃん」

当たり前のことを口にすると、彼は眉をハの字にしてガックリと肩を落とす。

「そんな顔したって駄目。私ひとりで途中で抜けるとか、寂しすぎるからやだよ」

すでに夏生に対しては諦めモードになっている千珠だが、ふたりを気遣ってひとり帰る自分を想像しただけでかわいそうすぎる。いくらなんでも無理だ。

「そんなの俺だっていやだよ。お前に失礼すぎるだろ」

夏生は驚いたように目を見開き、ぶんぶんと首を振りうどんを口に運んだ。

「お前に予定がないなら、三人で楽しく花火見ようよ。俺はそれで十分だから」

「楽しく、ねぇ……」

確かに夏生は千珠を邪魔に思ったりはしない。三人で楽しく花火だって見られるかもしれない。

(でもなぁ……夏生が麗ちゃんを好きな目で見てるの、目の前で見せつけられるのはキツイんだよ。絶対に凹んじゃう)

レストランのときと同じ過ちを、もう繰り返したくはない。

(やっぱり断ろう……)

「あのね、夏生」

そう思って口を開いた次の瞬間、

「花火ならうちで見れば？」

と、頭上から低い声がして。顔をあげると定食をのせたトレイを持った田乃家が立っていた。

久しぶりの田乃家だ。

「あっ……お疲れ様……」

「お疲れ」

田乃家は小さくうなずき、いつものように千珠の隣に腰を下ろす。同時にふわりと彼の使っている香水が香って、なぜか胸が早鐘を打ち始めた。

(ん……？)

今のはなんだ。久しぶりの田乃家に、なぜ座りの悪い、落ち着かない気分になるのだろう。

おかしいな、と千珠が首をひねる一方で、

「なぁ、田乃家、うちでってなに？　お前、花火見えるところに住んでんの？」

夏生が問いかけると、田乃家はお茶をひと口飲んで目を細める。

「いや、俺じゃなくて親の持ち物。姉がちょっと前まで住んでて、今はセカンドハウス代わりだけど、時折空気入れ替えたり、掃除はしてる。そしてなにより、ベランダから花火が見える」

その瞬間、夏生はぱーっと表情を明るくして「いいのか？」と軽く腰を浮かせた。

「ああ。あと、受付の持田さんだっけ？　誘って来いよ」

田乃家は相変わらずどこか悪だくみしそうな顔で目を細める。

「そうする！」

夏生は慌てたようにもう一度着席し残りのうどんをすべてすすり、

「田乃家、ありがとな！　恩に着る！」

と言ってそのままバタバタと走り去ってしまった。

（嘘でしょ……）

残された千珠は「はぁ……」とため息をつきうなだれるが、いやだと言えなかった自分が悪い。

とりあえず田乃家がいるだけまだマシだろうと、自分に言い聞かせるしかなかった。

（でも、チームリーダーになって忙しいって言ってたよね……）

夏生とのやりとりを思い出して、田乃家の横顔を見つめる。

（そういえば、顔色があんまりよくないかも……）

いつも顔がうんと上にあるのでよく見えないと思っていたが、こうやって並んで座れば、切れ長の瞼はかすかに腫れぼったかったし、目の下はクマで薄暗い。

「ね、大丈夫？」

「ん？」

田乃家が不思議そうに首をかしげる。

「仕事、無理してない？　ちゃんと寝てる？　ごはんは食べてるの？」

その瞬間、田乃家はかすかに目を見開き、柔らかい笑みを浮かべた。

「お前……お母さんなの？」

「は？　違いますけど。ただちょっと気になっただけで……っ」

「へぇ。気になったんだ」

そう言ってこちらを見つめる田乃家の目は、濡れたように輝いていて――。

その瞬間、千珠は彼のイケないスイッチを押したことに気が付いたのだった。

食事を終えた千珠は田乃家と一緒にミーティングルームに向かった。

いや、強引に連れていかれたというべきだろうか。

「なんでわざわざ移動するの？」

バタンと背中でドアを閉めた田乃家に向かって、千珠は首をかしげる。

「そりゃ、ちょっとイチャイチャしたいからに決まってるだろ？」

「は？」

ぽかんとした次の瞬間、正面から抱きすくめられる。

「食堂で、お前が俺を気遣ってくれたの、すげぇ嬉しかった」

「ちょ、ちょっとっ……」

まさか社内でいやらしいことをするつもりなのだろうか。

千珠が慌てたようにじたばたすると、

「これ以上のことはしないから。ハグさせて」

田乃家はそう言いながら、千珠の背中を撫でたり頭を撫でまわしたりして、千珠の肩に顔をうずめるようにして大きなため息をついた。

「――もう」

千珠はむーっと唇を引き結んだあと、静かに問いかける。

「ねぇ……。なんであんなこと言ったの？」

「なんでって、なんのこと？」

わかっているくせにすっとぼける気らしい田乃家は、千珠をハグしたままテーブルに寄りかかるようにして腰掛け、長い足の間に千珠を立たせる。お行儀が悪いのに、こんなちょっとしたポーズですら雑誌から抜け出したかのように決まっていて、腹が立つ。

「だから、夏生のことを花火に誘ったこと……」

グギギとなりながら田乃家をにらみつけたが、彼の表情は相変わらず不愛想から一片の変化もなかった。

「もともとお前のこと誘うつもりだったよ。でも誘ってもひとりじゃ来ないだろうなと思ったから、あいつらを利用しただけ」

「は？」

利用したという言葉に耳を疑った。

「言っただろ。俺、本気だって」

「な、なにそれ……」

しれっとおかしなことを言う田乃家に、背筋がソワッと震える。

(えっ、本当に？)

まさかあの言葉が本気だったなんて、いったい誰が信じられる？

「こ、困る……」

彼に好かれる理由なんてなにひとつ思い浮かばない。

声を絞り出すと、田乃家が低い声で「なんで？」と目を細めた。

「恋人が誰でもいいなら、俺だっていいだろ」

「本気なのは困るのっ！」

千珠はそうはっきりと口にし、田乃家の胸を押し返し、一歩足を引いた。

そう、千珠は決して田乃家を愛したり、夏生を思うように好きになったりはしないから。本気で好きになられても応えられないから、本気なのは困るのだ。

「遊びならいいって？」

テーブルに座ったままの田乃家は軽く目を細めて囁く。

「そ、そうよ……」

「じゃあこれは遊びだ。俺はただやりたいだけのクズ。お前の体目当て」

「――」

「だからお前とは別れない」

田乃家は低い声でそう言い放つと、手を伸ばして千珠の頬の輪郭をなぞるように指を這わせた。

彼の指はどこまでも優しかった。まるで猫の柔らかな毛並みを楽しむかのように、穏やかな指先からは『やりたいだけのクズ』という感情は微塵も伝わってこなかった。

言葉でやりたいだけだなんて言っていても、彼は千珠を大事にしようとしてくれている。

（なぜかはわからないけれど……）

千珠はゆっくりと息を吐き、目の前の田乃家を見あげた。

「ごめんなさい……。今のは私が不誠実だった。ごめん」

本気ならだめで、遊びならいい。そうやって表面上で取り繕っても意味はない。

きちんと自分の気持ちを彼に説明しよう。

千珠はゆっくりと口を開く。

「私、田乃家さんと付き合っても、気持ちを返せないから……」

すると彼は組んでいた腕を解き、なにか重いモノを吐き出すように囁いた。

「返さなくてもいい。俺を好きになるまで、全力で口説くだけだから」

「え？」

「だって、せっかく再会できたのに、諦めるとかありえないだろ」

再会――？

田乃家の言葉に千珠は目をぱちくりさせた。

「私たち、どこかで……会ってるの？　嘘でしょ？」

こんな男と一言でも会話したなら忘れるはずがないのだが、まるで記憶にない。

「嘘じゃないよ」

田乃家は切れ長の目を細めて、言葉を続けた。

「兄貴がいくつものチームをたったひとりで壊滅させた伝説のヤンキーとか言われてて、かなり迷惑してるとか。本当はかわいいものが大好きなのに、似合わなくて周囲から『スナック千珠』ってあだ名付けられたとか。全部知ってる」

「っ!?」

まさかの黒歴史を披露されて、千珠の頬に朱が走る。

彼が口にしたことは、それこそかなり親しい人間しか知らないことで。自分が彼に話したのだとしたら、昔会ったことがあるというのはかなり信ぴょう性が高い。

そういえば田乃家がやたら千珠の趣味を勘の良さ以上に『理解』していたことを思い出し、そういうことかと膝を叩きたい気分になった。

「どこで話したことがあるの？　いつ？」

思わず田乃家に詰め寄ると、

「——秘密」

彼はにやりと笑って目を細めた。

「なんでよ、教えてよ」

思わずムッとして問いかけると、田乃家はクスッと笑って立ち上がり、千珠の肩に手を置いてもう一度引き寄せる。

「ひゃっ」

いきなりスーツの腕の中に囲われて、悲鳴をあげてしまった。驚いて顔をあげると、さらさらと黒髪が下りてきて、千珠の額をくすぐった。

「あっ……」

至近距離に田乃家の黒い瞳が近づく。

「思い出せよ。あれは俺にとって人生の分岐点だったんだからな」

「そんな、大げさな……」

千珠が覚えていないような出会いが、こんな極上な男の人生を変えるなんてあるはずがない。

(そんなわけないじゃない)

千珠は思わずむくれかけたが、こちらを見つめる田乃家の目は、子供のように澄んでいて美しかった。その美しさに一瞬見とれていると、彼の顔が吐息が触れるほど近づいてくる。

いけない、と思った次の瞬間、

「タノ――……んっ……」

唇がふさがれる。

それはほんの一瞬だったけれど、田乃家はちゅうと千珠の唇を吸い、大きな手で頬を挟み、指先ですりっと瞼の下を慈しむような手つきでなぞった。

この男のことは微塵も好きじゃないのに、触れられると心地よさを感じてしまう。考えたくはないが、強引なくせしてどこか千珠を気遣っているのが伝わってくるからだろう。

「しないって言ったのにっ」

話が違うと目くじらを立てたが、

「かわいいを毎秒更新してくるお前が悪い。これでもだいぶ我慢してる」

と、驚くような発言をして、ひっくり返るかと思った。

「かっ、かわっ……」

中学生にして愛人顔と言われてきた千珠だ。

かわいい趣味が似合わないと笑われることもたくさんあった。

なのにこの男は――この不愛想ででっかくてどこか不遜な男だけが、いつだって千珠を『かわいい女の子』扱いしてくれる。

顔が熱い。首の後ろがぴりぴりする。

鏡を見なくてもわかる。きっと今、自分の顔は火をつけられたように真っ赤だ。

「――なぁ。俺と寝て不愉快だった？」

「っ……」

キスの合間のほんの一瞬の彼の問いかけに心臓が跳ねる。

「それは……」

「お前、俺のことそれほど嫌いじゃないだろ？」

「っ……」

田乃家の言葉に心臓が跳ねる。

「も、もう、昼休み終わるからっ」

彼のスーツの胸を押し返すようにして距離を取ると、そのままミーティングルームを飛び出す。

（ばかばか、田乃家のばか、そして私のばか――――っ！）

心の中で、わ――！　と叫びながら廊下をダッシュしていた。

四章　打ちあがり散る恋心

午前中はパラパラと雨が降ったが、その後、大方の予想を裏切り雲一つない天気になった。時計の針は午後の六時を少し回ったところだ。

「雨雲、遠くに行ったみたいでよかったですね」

「あ……うん。よかったね」

千珠はこくりとうなずきつつ、朗らかに微笑んでいる麗を見て唇を引き結ぶ。

口では『よかったね』なんて言いつつも、本当はちっとも『よかった』なんて思っていなかった。

(雨降ってくれって、神様にものすごくお願いしたのに……あとちょっとだったのに……)

結局、花火鑑賞のスケジュールがとんとん拍子に決まった。今更千珠だけ『行かない』という選択肢を選ぶこともできず、千珠は麗と一緒に浴衣を着て田乃家のマンションの最寄《もよ》り駅《えき》に到着していた。

いっそ中止になってくれれば行かなくて済んだのにと思ったが、残念ながら雨はあがり、少し涼しいくらいの過ごしやすい気温である。

（まぁ、今日はお泊まりとかしないし、逆に四人で楽しくやって、さっさと帰ればいいし……もうこうなったら、楽しむしかないわね！）

千珠は開き直って自分にそう言い聞かせたあと、周囲をきょろきょろと見回している麗に向き合う。

「麗ちゃんの浴衣姿、すっごくかわいいね。似合ってる」

「え、あっ、ありがとうございます。千珠さんもすごくきれいですっ」

麗はキラキラした顔で千珠に微笑みかけてきた。

今日の麗はレースの半襟《はんえり》がまぶしい淡いピンクの花柄の浴衣姿で、一方の千珠は、オレンジと濃紺の落ち着いた幾何学模様の浴衣を身にまとっている。

「着付けは母にしてもらったんですが、千珠さんは？」

「私は自分でよ」

「千珠さんスタイルがいいから、モダンな柄がぴったりですね」

「いやぁ……それほどでも」

褒めてもらえるのは嬉しいが、正直和装は苦手だった。似合わない自覚があったので、成人式だってスーツにしたくらいだ。

浴衣くらいならまだいいが、振袖や色留袖を着ると、前職社長から、

『千珠、あんたまるで極妻ね！』

と笑われていたのが、若干トラウマなのである。

くそう、と思っていたが、実際それっぽいので反論はできなかった。

（私も麗ちゃんみたいな甘辛コーデしたかったんだけど、似合わないのよね……レース）

残念ながら、所詮《しょせん》自分は『スナック千珠』なのだ。

改札を出たそこは、花火会場の最寄り駅ということもあり、浴衣を着た若い女性やカップル、家族連れで溢れかえっていた。

「夏生が迎えに来るって言ってたけど……」

千珠はスマホ片手にあたりを見回す。

夏生は田乃家のマンションに一時間以上早く呼び出されている。

同じマンションのお隣さんなのだから当然一緒に行くものだと思っていたのだが、買い出しやら準備やらに駆り出されたらしい。仕方ないと頭ではわかっているが、浴衣を着て一緒に歩きたかったと、そんなことを考えてしまう。

（夏生に一番に浴衣見てもらいたかったのにな……）

内心膨れながら周囲を見回していると、

「おーい」

と口パクしながら手を振り近づいてくる夏生の姿が、目に飛び込んできた。

「あ、夏生っ！」

千珠もブンブンと手を振り返す。

Tシャツにデニム姿の夏生は相変わらずかっこかわいかった。彼は浴衣姿の麗と千珠を見て
「浴衣すげー」と少年のように頬を染め、胸に手を当てる。

「ふたりとも、すごく似合ってる。きれいだなぁ～！」

その笑顔だけで、千珠はもう天にも昇らんばかりの気持ちになった。我ながら至極単純だが、
やはり嬉しい。

「ふふん、そうでしょう、そうでしょう」

腰に手を当てて胸を張ると、

「おい、調子乗るなって」

夏生が笑って千珠の額をぴんと指ではじく。

(私は麗ちゃんのついで、だろうけど……それはそれ、よね)

わかってはいるが、これだけのことで、千珠の心はぽかぽかとあたたかくなっていく。

へへへと笑うと、夏生もつられたようににっこりと笑った。

「麗ちゃん、それ持つよ。千珠も」

夏生が手荷物に気づいて手を伸ばしてくる。麗はナッツとドライフルーツの詰め合わせ、千珠はワインを手土産として持ってきていた。

「ありがとうございます。あの、木村さん、田乃家さんのマンションは近いんですか？」

紙袋を渡しながら、麗がおずおずと問いかけると、

「徒歩五分ちょいって感じかな。すぐそこだったよ」

夏生はそう言って、千珠たちの足元に目を向けた。

「タクシーにする？」

「いえ、履きなれた草履《ぞうり》と足袋《たび》なので、私は大丈夫です」

「私も同じく、大丈夫」

最近は草履に足袋を合わせて浴衣コーデをしても、特にマナーを咎《とが》められることはない。

（昔は、下駄を素足に履いて、足を痛めたりしたっけ……）

夏生に彼女ができるまでは『やれ、足が痛くなった』とか『靴擦れができた』とかあれこれ文句を言っては、ふざけつつも半ば本気で、夏生におんぶしてもらっていたことを思い出す。

（夏生に彼女ができるまでは、それが当たり前だったんだけどね……）

昔を思い出しながら、千珠はなんだかくすぐったいような、寂しいような気分になった。

それから夏生の先導で田乃家のマンションに向かう。

生暖かく湿気のある空気と、路面店の自動ドアから流れ出てくる冷たいエアコンの風に、夏の匂いが混じる。行きかう人はみな、花火を待ちわびてワクワクしているようだ。

周囲の浮ついた気分が伝播《でんぱ》する空気が、今は楽しい。

「田乃家のマンション、ここ」

夏生がマンションに近づいたところで、指をさす。

「わぁ……」

思わず子供のようにぽかんと口が開いてしまった。

花火が見えるマンションという話から気づくべきだったが、目の前にそびえているのは、いわゆるタワーマンションだった。

一歩中に足を踏み入れると、エントランスはまるでホテルのように広々としており、おしゃべりをするための応接セットまで置いてある。

(これが、親の持ち物で、今は誰も住んでなくて、たまに風を通したりするだけのセカンドハウス……?)

田乃家のセレブっぷりに、妙に落ち着かない気分になる。

「こっち」

夏生がカードキーをかざしてエレベーターに乗る。夏生は慣れた様子で最上階のボタンを押した。

「一番上なの？」

「そうそう、最上階。俺も行ってびっくりした。でも眺めは最高だった！」

最上階に到着してすぐ、見計らったかのように内側からガチャリとドアが開く。田乃家だ。

「よう、待ってた」

ネイビーカラーの七分袖のサマーニットに、黒のテーパードパンツを合わせた田乃家は、いかにも良家のおぼっちゃまという雰囲気のきれいめカジュアルスタイルだ。

田乃家は切れ長の目を細めてほんのりと微笑むと、そのまま三人を部屋に招き入れる。

せっかく着てきた浴衣になにも言うことはないのかと思ったが、次の瞬間『田乃家に褒められたくて着てきたわけじゃないし！』と慌てて脳内で否定する。

そう、浴衣は麗と合わせるために着たのだ。見てもらいたかったのは夏生だし、それ以上の意味はない。

「お、お邪魔します……」

おずおずと部屋にあがり、周囲を見回した。

玄関から廊下の途中に部屋がふたつ、さらに奥の扉の先には広々としたリビングが広がっている。ルーフバルコニーに面したガラスの窓はかなり大きい。

手を洗わせてもらってリビングに入ると、田乃家がリビングのテーブルの上にガラスのポットとグラスを置いて、ちょいちょいと手招きした。

「喉渇いてるだろ。これ、ノンアルコールのサングリア。よく冷やしてあるから」

ちらりと見ると、皮つきのりんごやオレンジが赤い液体の中に沈んでいる。

「えっ、まさかの手作り!?」

「鍵もらいに実家に寄ったら、貰い物のフルーツがあったから持ってきたんだ」

田乃家はさらりとそう言うと、てきぱきとグラスにドリンクをそそぎ始めた。

(田乃家……すごすぎる)

千珠は感心しながら、サングリアを口に運ぶ。

さわやかな酸味と甘さが口の中でふわっと香る。

「おっ、おいしい〜!」

ピーチティーのすっきりした後味が、渇いた体にしみじみと広がっていくようだ。

「だろ」

田乃家が自慢げに笑いながら千珠の隣に腰を下ろし、顔を覗き込んでくる。

「汗かいてる」

「えっ、やだ見ないで」

慌てて巾着からハンカチを取り出すと、その手をやすやすとつかまれてハンカチを奪われてしまった。

「俺が拭いてやろうか」

「そんなことしなくていいって」

男性に汗を拭かれるなんて、子供じゃあるまいしいったいなんの罰ゲームだ。

「なんでだよ。素直に身を任せろよ」

「だからしなくていいってばっ」

千珠がじたばたしながら抵抗していると、

「あの～……目の前でいちゃつくのやめてもらっていいですかね」

と、夏生がからかうように声をかけてきた。

「いちゃついてないってば、これは意地悪なのっ。この人は私がいやがるのを見て、ニヤニヤしてるだけなんだからっ」

千珠は慌てて田乃家を押し返すが、夏生は苦笑して肩をすくめた。

「それがいちゃいちゃなんだって」

「うっ……」

やはり田乃家に手玉に取られているようだ。

(恥ずかしい……)

そう思いながら『いや困ったね』という顔をして麗に目を向けると、視線が交わった瞬間、ふいっと目を逸らされる。

(あれ？　今、目が合ったよね……勘違いかな)

だがそれは指摘するほどのことはない些細な違和感だった。改めて確かめるほどのことではない。

それから間もなくして打ち上げの時間になり、全員でルーフバルコニーへと向かう。

「ちょうどあのあたりに花火があがるんだ」

田乃家が手すりにもたれながら、少し遠くにある高い建物の上を指さす。

左端から田乃家、千珠、麗、夏生の順で並んで、その時を今か今かと待ちながら、ドキドキして紺色の空を見上げていると、突然なんの前触れもなく複数の花火が打ちあがった。

「うわぁ……！」

想像以上に大きな音に思わず身構えてしまったが、眼前に広がる美しい景色に、息をのむ。

「すごい……きれい……わぁ……」

連続してあがる橙色の花火は落ち着くこともなく、怒涛の勢いであがり続ける。人々の歓声も風にのってかすかに聞こえる。

黄色、緑、赤、ピンクにブルーと、色とりどりの花が咲いて、数秒遅れて激しい音が鳴り、パッと散る。白い煙が虹色に照らされて、淡く消えていく。

こんなに高い建物から花火を見るのは生まれて初めてで、空を飛んでいるような不思議な気分になった。

「ねぇ、麗ちゃん、すごいね」

千珠はぽつりとつぶやきながら、右隣の麗に顔を向け、心臓が跳ね上がる。

麗もまた、大きな目をキラキラと輝かせながら空を見上げていて。そんな麗の横顔を夏生が『これ以上愛《いと》おしいものはない』といわんばかりの瞳で、見つめていたからだ。

「――」

夏生の目に映るのは、恋をしている麗だけ。

その隣にいる千珠なんかまったく見ていない。

なんだかいけないものを見てしまった気がして、胸を突かれたような痛みを覚えた。ぼんやりした頭で目を伏せる。

（いや、こんなの最初からわかってたじゃない……）

夏生が麗を好きなこと。

それでも一緒に花火を見たいと思ってしまったこと。

最初からずっとわかっていることなのに、なぜ心は毎回新鮮な気持ちで傷つくのだろう。

花火は相変わらず怒涛の勢いで夜空を飾っていた。

(きれいだなぁ……私の心はぐちゃぐちゃだけど……)

鮮やかな色に見とれながら、空気を伝わってくる振動に心地よさを感じ身を任せていると、ふと視線を感じた。左隣を見ると、手すりに肘をついた田乃家がじいっと食い入るように千珠を見ていた。

「はっ……花火見なさいよ!」

馬鹿みたいな顔を見られた気がして、思わず叫ぶと、田乃家がふっと笑って肩をすくめる。

そしてゆっくりと耳元に顔を近づけ、

「お前の横顔、子供みたいでかわいかった」

と、千珠の耳元で囁いた。

「っ……」

思わず顔が熱くなり、硬直してしまう。

「あ、あのねぇ……」

どう返事していいかわからず、唇を震わせていると、田乃家はそのまま右手をするりと千珠の左手に絡ませる。

田乃家の手は大きく、千珠の手はすっぽりと収まってしまった。

（おっきい……）

田乃家と夏生は違う。

見た目も性格もなにもかもが全然違う。

タイプじゃないし、むしろちょっと威圧感があって苦手なくらいだ。

だがなぜだろう。この男のそばにいると、気持ちが落ち着く。

それは幼馴染の気安さとも違う、不思議な感情で――。

一瞬『なにか』がよぎったが、慌ててそれを打ち消した。

（いやいや……いや、そういうんじゃや、ないですし～～？）

なぜかものすごくやましいことをしている気がして、千珠はブンブンと首を振り、また夜空を見上げたのだった。


その後、麗とふたりで、食洗器にかけられないグラスやお皿を手分けして洗うことにした。

当然、手伝うと言われたが、

「準備はそっちでやってくれたでしょ。片づけは私たちがやるから、男同士で親睦を深めたらいいじゃない」

千珠のその一言で、田乃家と夏生はベランダに残ることになった。

あまりにもタイプが違うのでどうなることかと思ったが、キッチンからふたりの様子をうかがってみると、ＰＲ部所属の田乃家と営業の夏生は、お互い仕事でも通じるものがあるらしく、なんだかんだと盛り上がっているようだった。

千珠はバッグから腰ひもを取り出し、麗の浴衣をたすき掛けにする。

「千珠さん、これ持ってきてたんですか？」

背中を振り返りながら麗が問いかける。

「うん。なにか手伝うことがあるかと思って、一応ね」

その言葉を聞いて、

「千珠さんって、すごいですね。私そういうこと思いつかなくって……」

麗はひどく感心したように千珠に顔を近づけてきた。

「これからもいろいろ教えてください」

「いやいや、これも前職でやってたことだから……たまたまだよ」

千珠はアハハと笑って手早く自分のたすきをかける。

そう、前職の社長はホームパーティーが大好きで、千珠はしょっちゅう準備に駆り出されていた。海外のゲストのために着物や浴衣の出番が多く、それで覚えただけのことだ。

「さて、グラスから洗っていこっか」

「はい」

麗はおっとり微笑みながら、スポンジを手に取った。

なんとなく麗の横顔を見ると、至極真面目な手つきでグラスを洗っている。

彼女は自分にとって理想の女の子だ。

(かわいくて女の子らしくて、ふわふわして……いいなぁ……)

もし自分が麗だったら、夏生と両想いになれたかもしれないのに。

夏生の切ない瞳を思い出して、乾かない傷がじくじくと痛む。

苦しくて、切なくて、息がうまくできない。

「――ねぇ、麗ちゃんってさ……夏生のこと、どう思ってるの?」

「え?」

麗が驚いたように顔をあげる。

そして千珠も、自分の発言に冷や汗をかくほど驚いていた。

(やば……こんなこと、聞くつもりなかったのに)

焦りつつ、しどろもどろになりながら千珠は視線をさまよわせる。

「あ、いやほら……これで誘うの二回目でしょ……？　だからそのなんとなくは、わかってるのかなって思って……私はその、夏生の幼馴染だから……他人事じゃないっていうか……」

親切めいた口調で言い切った瞬間、胸がぎゅうっと締め付けられて、苦しくなった。

たとえ幼馴染だろうが、自分がこんなことを口にするのは、おかしい。余計なお世話すぎる。

どうしてこんなことを言ってしまったのだろう。夏生の気持ちはどうしようもないのに、こんなことを確かめて、いったいどうしたいというのだ。

でも――。

ふと気が付いた。

（麗ちゃんが夏生を振ってくれたら……私は失恋せずに済むんだ……）

意識せずに確かめようとした、自分の本性に気が付いて、ぞっとする。

なぜ、どうしてこんなことを考えてしまうんだろう。

好きな人が幸せになることを願えないなんて、人としてどこかおかしいんじゃないだろうか。

全身からじわっと、変な汗がにじむのが自分でもわかった。

ばくん、ばくん、と心臓が跳ね回り、息が苦しくなる。

（ああ、だめだ、やめよう。これはよくない……！　今の私、すごく不健全だ）

すうっと息をのみ、「ごめん、やっぱり」と言いかけた次の瞬間。

「忘れられない人が、いるんです」

と、麗が小さな声で囁いた。

「え？」

麗の突然の発言に、千珠は言葉を失った。

「一年くらい前に……その、改札を出たあとに定期券を落としてしまって。定期自体は仕方ないとして、ケースのほうが。おばあちゃんから大学入学のときに贈ってもらったもので、どうしてもあきらめきれなくて。仕事が終わったあと、会社と駅の間を半泣きで探し回っていたら『なに探してるんだ』って聞かれて。それで大事にしているパスケースを落としたって話したら、雨の中一緒に探してくれたんです」

麗は長いまつ毛を伏せながら、はにかむように微笑む。

「三十分くらいして、道の隅っこに落ちてるのを発見できて。お礼したいって言ったら『いらない』って言って、そのままスタスタ帰っちゃって……それっきり、話もできなかったから、もう向こうは忘れてると思うんですけど」

麗はそう言って、ジャージャーと大きな音で水を流しながら、ニコッと笑った。

「たったそれだけで、好きもなにもないとは思うんですけど……」

麗はちょっと視線をさまよわせたあと、ほんの少し困ったように目を伏せた。

「木村さん、素敵な人だと思います。でも、今はまだだれかとお付き合いしたいって気持ちにはなれないんです。気持ちもゆっくりじゃないと切り替えられなくて……どんくさいですよね」

麗はほんわかふんわりと笑って、そして洗い終えたグラスをクロスで丁寧に拭くと、キッチンのカウンターにきれいに並べる。

そして「テーブル拭いてきますっ」と、にっこりし、その場をそそくさと離れてしまった。

「麗ちゃん……」

真っ白なお皿を洗いながら、カウンターの内側からテーブルを拭く麗を見つめていると、心臓がドキドキと鼓動を打ち始める。

夏生の片思いの相手には、好きな人がいた。

そして麗は告白することもなく諦めている。

(どんな人なんだろう……)

長く付き合っている彼女がいたり、もしかしたら既婚者かもしれない。諦める理由ならいくらでも思いつくが、そこは踏み込めなかった。

一方、麗は丁寧にテーブルを拭きながら、ふとした拍子——ものの数秒だけ顔をあげて。

ベランダの花火を少しまぶしそうに見上げた。

そこには花火を前に、男同士で騒いでいるだけのふたりがいた。

「あのなぁ、田乃家。営業もＰＲもどっちも対外的な業務じゃないのか？　なのにお前らときたら……」

「ちょっと待て。俺は経営企画部からＰＲ部に行ったけど、決して地道な営業をないがしろにしているつもりはないぞ。むしろ……」

やいやいと楽しげに話をしているふたりを、麗はほんの一呼吸だけ眺めると、ごく自然に目を落とし、手を動かす。

（あ……）

千珠は息をのむ。

気づいてはいけないことに気づいてしまったかもしれない。

麗は夏生と付き合う気はない。だがあの目は、誰を見てる——？

（もしかして麗ちゃんって……田乃家のこと）

その瞬間、全身がカーッと熱くなった。

（もしかして私、最低最悪なこと、してる……？）

目の前が真っ白になってぐらりと眩暈がした。

夏生に好きな女の子とうまくいって欲しくなかった。

夏生のなんでも話せる幼馴染の地位を守りたくて、嘘の恋人をでっちあげた。

そうして彼の思い人と仲良くなっておきながら、彼女の好きな人と『すぐ別れればいいや』と恋人のようなふりをして――。

じゃあ、自分は？

過去、夏生を振り回す女の子たちに『私ならもっと大事にするのに！』と本気で歯がゆく思ったはずなのに、まさに今、千珠がこうはなりたくないと思った人間になっている。

「っ……」

千珠は震えながら持っていた皿を置き、唇を引き結ぶ。耳の後ろがどくどくと脈打っているのがわかった。全身の血がごうごうと音を立てて流れる。

だめだ、恥ずかしすぎる。自分はここにいる権利はない。

田乃家にも夏生にも、そして麗にも合わせる顔がない。

恥ずかしくていたたまれなくて、今すぐ逃げ出したくなった。

千珠は何度か深呼吸を繰り返したあと、貴重品が入った巾着を手に取って、逃げるように玄関へと向かう。

「――千珠？」

草履に足を入れた瞬間、背後から声がした。田乃家だ。

ルーフバルコニーにいた田乃家は、千珠のおかしな様子を感じ取ったのかリビングを突っ切ってこちらに駆け足で近づいてくる。慌ててドアノブに手をかけたところで、背後から田乃家が壁ドンするように覆いかぶさる。

「ひとりでどこに行くんだ？」

「――」

「千珠？」

ドアノブを押さえた手をつかまれ、彼はもう一方の手でドアの上に肘をついた。

「も、う」

「ん？」

「もう、やめる！」

千珠の叫びを聞いて、田乃家が驚いたように切れ長の目を見開く。

夏生も気づいたようで、

「千珠、どうした？」

と驚いたようにこちらに近づいてきた。

千珠は田乃家に向き合いつつ、彼の背中越しにいるはずの夏生や麗にも聞こえるように叫んでいた。

「ごめん、ほんとはね、彼氏いないのに、見栄を張って嘘ついたの！　たまたまそこにいた田乃家さんが彼氏役やってくれるって言ったから、頼んだだけなのっ！」

「――」

田乃家の大きな体で向こうが見えないのをいいことに、千珠はおどけたように笑った。

「そういうことで、私、田乃家さんと付き合ってないから！　ふたりとも嘘ついてごめんね！　田乃家さんもありがとう！　でももう必要ないから！　急用を思い出したから帰るね！」

そして半ば強引にドアを押し開け、そのまま廊下に飛び出したのだった。

＊＊＊

「田乃家、ちょっと待て！」

千珠のあとを追いかけそうになった田乃家を、夏生はとっさに呼び止めていた。

「付き合ってなかったってマジ？」

夏生の言葉に、表情を強張らせた田乃家が振り返る。

「まぁ、そうだな」

どこか軽い調子で肯定されて頭に血が上る。

夏生はそのまま田乃家に詰め寄り声を絞り出した。

「なにがあったか知らないが、お前が千珠を傷つけようとしてるなら、絶対に許さないからな……！」

夏生の剣幕に、田乃家は驚いたように目を見開く。

だがそれは夏生にとって当然の感情だった。

千珠は生まれたときから一緒にいる大事な幼馴染で、もはや姉のような妹のような、双子のきょうだいのような存在なのだ。いつだって笑っていて欲しいし、幸せになって欲しい。本気でそう思う大事な女の子である。

だが田乃家はじいっと夏生を見つめたあと、なんだか不服そうに眉をひそめる。

「正しいんだけどさ……なんかお前に言われると腹立つな」

「は⁉」

しかも田乃家はまなじりを吊り上げる夏生の肩をとん、と叩いて、

「俺はマジで口説いてる。彼女に本気だ。ただの幼馴染のお前は引っ込んでろよ」

と憎々し気に言い放ったのだった。

「はぁぁぁ～～～～⁉　おっ、お前っ……」

謎に八つ当たりされた気がして、夏生が怒りでわなわな震えていると、

「――俺は今からあいつ追いかけるから、適当に帰ってくれ。鍵はそのままでいいから」

付き合っていられないと言わんばかりに田乃家は早口でそう言い、鍵をつかむと慌ただしく出ていく。

「ちょっ、待て……あっ、なんだあいつ！」

あっという間に見えなくなった田乃家の背中に文句を言いつつも、部屋にひとり取り残されている麗のことを思い出して、慌ててリビングに戻った。

「麗ちゃん。えっと……大丈夫？」

彼女はなんだか今にも消えてなくなりそうな青い顔をしていた。

顔を覗き込むと、麗ははっとしたように顔をあげて、泣き笑いのような表情になる。

「だ、大丈夫です……」

だが大丈夫と告げた次の瞬間、彼女の大きな目にうっすらと涙が浮かんで。ふっくらした頬をつうっと涙が伝って落ちていく。

夏生は息をのみ、麗もまた自分の涙に驚いたように目を丸くした。

「――ちょっと、ソファーに座ってて。あったかい飲み物入れるからさ」

「でも、すぐに出たほうが……」

「飲み物一杯飲むくらいいいだろ」

夏生は麗の肩に手をやり、ソファーに座らせると、そのままキッチンへと向かった。

「これ、すごくおいしいです……」

夏生が差し出したマグカップを受け取り、ひとくち飲んだ麗は驚いたように目を丸くする。

「普通のホットチョコレートなんだけど、才能があるらしくって。ことあるごとに妹から、作ってってせがまれてるんだ」

隣に腰を下ろした夏生がおどけたように言うと、麗はふふっと笑って目を伏せる。

その姿からは、ほんの少しだけ肩の力が抜けたように見えた。

「私……」

「うん」

それからなにか言いたげに、麗のまつ毛が何度か上下する。唇が閉じたり開いたりしているのを夏生は辛抱強く待つ。

「私、いま、すごく自己嫌悪してるんです」

麗はかすれた声で囁いた。

(自己嫌悪って……この状況に関係あるってことか?)

千珠が出ていき、それを田乃家が追いかけていった。

そして残った麗が泣いている。

（千珠と田乃家は別に付き合ってなくて……付き合ってるふりで……。まぁ、驚いたけど、別に……？　だよな。むしろ俺が、お前の彼氏と四人で飯に行こうなんて誘ったせいで……とりあえず田乃家に彼氏のふりをしてもらった、みたいな感じか？）

だが千珠がなぜ普通に『今は彼氏いない』と言わなかったのか、ちょっとわからない面もあるが――。

ふと気づいたことがあった。

（俺、恋愛に関しちゃ千珠に甘えてばっかだったもんな。言えなかったのかも……）

昔から、女の子たちには『夏生くんは鈍い』と責められ続けてきた歴史があるので、あくまでも推測でしかないのだが。

とはいえ、今は自分のことよりも目の前の麗だ。

夏生はじっと麗の言葉を待つ。

「私、本当はそうじゃないかなって思ってて……」

「千珠と田乃家が付き合ってなかったこと？」

夏生の問いかけに、麗はこくりとうなずく。

「でも、田乃家さんが千珠さんのこと、本気なのはすぐにわかって……千珠さんは本当に素敵な女性だから当然だし……私もすぐに好きになったし……だから、全然、千珠さん悪くないのに……私っ……」

そしてまた麗は、両手で顔を覆って泣き出してしまった。

ここまで言われて、ようやく気が付いた。

(やっとわかった。麗ちゃんは田乃家のこと、好きだったんだな……)

激ニブの自覚がある夏生だが、ようやくこの時点で察することができた。

好きな女の子がほかの男を好きだとわかって若干へこんだが、自分が好きになった相手が同じように自分を好きになってくれる確率なんて、ほぼ奇跡のようなものだ。片思いだからとあきらめる理由はない。

「それで千珠も麗ちゃんと同じように、自己嫌悪で出ていったってことか……」

夏生は麗が好きで、麗は田乃家が好きで、田乃家は千珠が好き。

見事に全員、一方通行である。

(千珠が付き合う男って、基本的に俺はあんまり好きじゃないんだけど……)

中学、高校、大学、そして社会人になってから、何度か恋人を紹介してもらったことはあるが、正直言って『こいつなら千珠をまかせられる』と思った男はひとりもいなかった。

借りた金を返さない(そもそも金を借りる人間はどうかと思う)とか、肉体的、精神的DVを働くとか(一度目の前で見たときは殴りかかりそうになった)、見た目のいい千珠をアクセサリーくらいにしか思っていない男とか。

過去に何度か『付き合う男はもう少し選んだほうがいいんじゃないのか』と苦言を呈したこともあるが、千珠は『あれくらいが私にはちょうどいいの』と、笑って取り合ってくれなかった。

(千珠のこと、好きな男は結構いたのにな……)

千珠はあまり自覚がないようだが、きれいだし性格もさっぱりしているし、かわいいところもあるし、正直モテていた。

夏生だってほかの男から『紹介して欲しい』と言われたことは一度や二度ではない。

適当なやつは全員夏生が門前払いしたが、中にはこいつなら、と思う男もいた。

誠実で、真面目で、千珠を大事にしてくれそうな男。

だが千珠に友達を紹介したいと話すと、千珠は慌てたように『今はいいかな!』と逃げ出すのだ。そしてそれから間もなくして、あまり好ましくないタイプの男と付き合い始めるのが毎回の流れだった。

(そんな男たちと比べたら、田乃家は……悪くないよな)

少々口と態度が悪い気はするが、仕事はできるし、千珠から金を借りないだろうし、DVもしないだろうし、なにより千珠のことを本気で好き、らしい。

(でも、田乃家と千珠が付き合ったら……麗ちゃんが失恋するわけで……いやでも、俺としては……いやいや、好きな人が幸せなら、それ以上に喜ばしいことはないわけで……いや、これはきれいごとなのか？　う～ん……）

そうやって夏生がぎゅっと目を閉じたり、首をひねったり、腕組みしながら考えていると——。

「ふふっ……」

隣の麗が、軽く噴き出してハッと我に返る。

「あ、ごめん。ほったらかしでめっちゃ考え事してた」

麗のために言えることはないかと考えていたら、どうやら脱線してしまったようだ。

小さく頭を下げると、麗は目の端に浮かぶ涙を指先で拭いながら首を振る。

「ううん、大丈夫です。木村さん、すごく表情が豊かで……」

「面白かった？」

笑いながら顔を覗き込むと、麗は涙目のまま、はにかみながら「はい」とうなずいた。

その麗の表情に、夏生の心臓はわしづかみにされる。かわいすぎて心臓が止まるかと思った。

「好きだよ」

ぽろりと口をついて出た言葉に、麗は目を丸くし、夏生は遅れて自分の耳に届いた声に「やべ」と口を覆った。

「や、ごめん。本当は笑った顔、かわいいって言いたかったんだけど、心の声が先に出た。まじごめん。んでこんなときに告ってごめん」

体の前で腕を組み「あ～、しくった」と反省している夏生に、麗はクスクスと笑いながら首を振った。

「元気づけようとして、くださったんですよね？」

「や、わざとじゃないってば」

夏生は苦笑しつつ、麗の頬に手を伸ばし、涙で張り付いた髪を指でとり、耳にかける。

「――俺、麗ちゃんにいつも励まされてるんだ」

「え……？」

「半年くらい前に、俺が営業先でミスして落ち込んで帰ってきたとき、受付でめちゃくちゃニコニコしながら『お疲れ様です』って言ってもらって、すごく元気貰えて……。それから麗ちゃんの顔見るの、楽しみになって……ちょこちょこ話してるうちに、気が付いたら好きになってて」

「そ、それだけですか……？」

麗が信じられないと目をぱちくりさせる。

「いやいや、それだけって言うけど、ニコニコするのって大変だよ。俺も営業だからわかるけど。客先で対応が終わる俺と違って、麗ちゃんは会社の顔なわけだろ。たまに変な客も来るし、泣きたいくらい辛いときもあるはずなのに、そういうの絶対に見せないよな。だから麗ちゃんのこと、強くてかわいくてかっこいい人だなって思った。そしたら、好きになっちゃうの、別におかしな話じゃないだろ」

「——」

麗は信じられないと言わんばかりのぽかん顔で、夏生の告白を聞いていた。

せめてもう少しいい場所で、かっこいい感じで告白したかったが、そんなのもうどうでもよくなっていた。

彼女が自己嫌悪で落ち込んでいるなら、『きみはそう言うけど、俺は素敵な人だと思うよ』と言いたかっただけ——なのだが。

「……っ、く」

せっかく泣きやんだはずの麗が、また大きな瞳に涙を浮かべているではないか。

しかも全身がわなわなと震えている。

「あっ、やべっ、ごめん！　俺、勝手なこと言って……！」

「ちがっ……違うんです、嬉しくて……ありがとうございます」

麗は手の甲で涙をぬぐいながら、笑っていた。

「私、自分のこと嫌いになりかけてたから。嬉しいです。木村さん、ありがとう……」

「――じゃあ、俺と付き合う？」

「や、それはちょっと。今は無理、かな」

麗は首をかしげて、涙にぬれた目を細める。

「くそ、調子にのってしまった……」

「あはは！」

露骨にうなだれる夏生を見て麗がコロコロと笑う。

泣いてはいるが、笑っている。

告白していきなり振られたが、今はその笑顔を見られただけで十分だった。

今は無理でも未来のことはわからない。もしかしたら今後、夏生のことを好きになってくれるかもしれない。

こんなに好きになった女の子はいなかったから、夏生はいくらでも待つ気でいた。

「私、千珠さんに謝らなきゃ」

「大丈夫だよ。あいついいやつだから。俺の親友だし」

「――」

そう言い切った瞬間、麗がちょっとまた複雑な顔をしたが、結局彼女はそれ以上なにも言わなかった。ただ少し困ったような顔になっただけ。

なにかミスをしたかと思ったが、こちらを見つめる麗の目には陰りはない。

その瞬間、なぜか昔付き合っていた彼女から『轟さんと口を利かないで、私は彼女なんだから私をなによりも大事にして』と言われたことを思い出していた。

『千珠は親友で幼馴染だから、それは無理』と答えて振られたことは記憶に新しい。

（麗ちゃんと付き合えるかどうかはわからないけど、たぶん麗ちゃんはそういうタイプじゃないはずで……って、こういうのを捕らぬ狸《たぬき》の皮算用って言うんだよな。ばかばかしい）

夏生は頭の中でさっぱりと思考を切り替えると、

「じゃ、家まで送るよ」

いつか木村さんじゃなくて『夏生』と呼ばれたいなと思いながら、夏生は立ち上がったのだった。

＊　＊　＊

駅に向かってなるべく早く歩いていたが、草履は歩きにくいし人は多いしで、いつもより歩みが遅かったらしい。

「こら待て」

後ろからにゅっと伸びた手で腕をつかまれ、体を強引に引き寄せられる。田乃家だ。

「放してっ」

千珠はつかまれた手をじたばたさせるが、かなうはずがない。そのままずるずると脇道に引きずり込まれる。相変わらず人の行き来は多いが、そのせいで一本細道に入ると、急にあたりは静寂に包まれた。

「なんなんだよ、お前」

頭上から響く声は低く、だがよく通る。

「な、なんなんだって……だから、その……」

急用を思い出したという千珠の言葉を、田乃家はまるで信じていないようだ。

まぁ、当たり前だ。彼は腰に手をあて、千珠を見下ろしている。怒っている空気がひしひしと伝わってきて、変な汗が出てきた。

「あ、あの、あの、私、あそこにいないほうがいいと思って……」

そんなことを口にすると、田乃家は大きなため息をつく。

「いきなり出ていくな。空気を悪くするな。残された木村と持田の気持ちを考えろよ」

田乃家のごく当然の指摘がまっすぐに千珠の胸を貫いた。

「ご……ごめん」

「あんなことやっていいの、二十歳までだぞ」

「う……はい……おっしゃるとおりです」

己の未熟さを指摘する田乃家はどこまでも正しい。

だが正しさだけ貫ける人間がどれだけいるだろうか。

(叱られてると、私のだめさ加減が、より一層浮き彫りになるんだなぁ……)

情けない。穴があったら入りたい。

このまま消えてしまいたいとうなだれながら、ぽつりとつぶやく。

「ふたりには謝るけど……もう、田乃家さんと恋人のふりはしないし、こうやって会ったりは、したくない……」

「ふーん。ま、俺は別になにも変わらないからいいけど」

「は……?」

千珠は耳を疑いつつ顔をあげる。堂々と、力強い眼差しでこちらを見下ろす田乃家と目が合った。

「もう会わないって言ってるでしょっ……」

「なんで?」

「それは」

言いかけて、言葉を失った。頭の中が理由を探してぐるぐるし始める。

口ごもる千珠に、

「――お前の好きな男が好きな女が、俺を好きだって気づいたから？」

容赦なく田乃家は事実を突きつけたのだった。

「っ……！」

ごまかしようもないくらいはっきりと指摘され、千珠の心臓はばくんと跳ね上がった。

「麗ちゃんの気持ち、知ってたの!?」

信じられないと言わんばかりに言い返すと、

「知ってたってほどじゃない。さっきいろいろ思い出して、ああ、そういうことかって思っただけ」

田乃家はあっさりと答える。

「思っただけって……ひどい」

千珠が唇を引き結んだ瞬間、田乃家は「は？」と眉を吊り上げた。

「ひどいってなんだよ。告白されてもないのに、どうしろって言うんだよ。あんた、俺のこと好きっぽいけど諦めてって言えってのか？」

「そ、それは……」

確かに麗は田乃家に直接告白したわけではない。

「それにお前はどうなんだ。持田が俺を好きだから、身を引くって？　ふざけんなよ。逃げ続けてるお前のほうが、よっぽどひどいんだよ」

大きな手が伸びてきて、千珠の後頭部をつかんで引き寄せる。

そして珍しく、表情を強張らせ叫んでいた。

「お前を好きな俺の気持ちは、どうでもいいのかよ⁉」

その瞬間、頭をガツンと殴られた気がした。

「……」

「お前は今、俺をどう思ってるんだ、言えよ、千珠！」

背の高い田乃家に抱きすくめられて、広い胸に頬が押し付けられる。

汗ばんだ田乃家の体から彼が使っている香水が香って眩暈がした。

「っ……」

「千珠」

迫った瞳が自ら発光するかのようにキラキラと輝く。お祭りのために飾られたチープな電飾が、田乃家の漆黒の瞳に星のきらめきを映す。

「俺は自分の思いを大切にしてるから、たとえお前に非難されようが気持ちをなかったことにはしない。好きな女には好きだって言うし、死ぬ気で落としにかかる」

田乃家は熱っぽい声で、言葉を続ける。

「俺を選んで欲しいから、そのためなら弱みにもつけ込むし、死ぬほど甘やかすね」

「な、なにそれ……」

田乃家の大きな手が千珠の頬を撫で、汗ばんだ首筋をなぞり、それから唇が額に押し付けられる。

「千珠……いいか、心して聞け」

何度か名前を呼ばれて、千珠はゆっくりと顔をあげた。

「俺は、お前が好きだ。ずっとずっと、好きだった！　たとえお前であっても、俺が好きなものを好きでいて、どうこう言われる筋合いはないからな！」

はっきりと言い切った田乃家は、堂々としていた。きらびやかな電飾の光が、彼の背後で星《ほし》屑《くず》をばらまいたかのように輝いていたが、そのきらめきにまったく負けていなかった。

（きれい……）

そこでふと、唐突に思い出した。

昔、繁華街で出会った美少女のことを。

彼女は塾帰りのところを不良大学生に絡まれていた女の子だった。

警察を呼んだと嘘をついて駅まで送る途中、おびえていた彼女を笑わせようと、千珠はぺらぺらと自分の話をしてきかせたのだ。

『私、中二なのに「スナック千珠」とか言われちゃって。かわいいキャラクターもののキーホルダーとかつけてると、似合わないって笑われるんだぁ～……まぁ、自分でもわかってるけどね』

自虐なんて慣れすぎていて、正直なんとも思っていなかった。

ただ隣をうつむいて歩く彼女が少しでも笑ってくれたらいいと思っていただけで――。

『――す』

『え……？』

『そんなことないです……っていうか、きみは、かわいいし、きれいだしっ……似合わないことなんて、ないですっ』

彼女は千珠より目線が下で、終始うさぎのようにプルプル震えていたけれど、

『好きなものを好きでいて、どうこう言われる筋合いはないしっ……』

顔をあげてそう言い切った彼女の瞳は、雨に濡れた碁石《ごいし》のようにキラキラと輝いていた。

（あれ……？）

千珠はまさかと思いながら、おそるおそる口を開く。

「……思い出したかも」

「は？」

「昔、絡まれてたすっごい美少女を駅に送ったことがあって……あんまりにもかわいかったから、もしかしたらあれはアイドルのお忍びだったのかって一時期すごい探したくらいで……でも見つけ出せなくて」

「――」

その瞬間、田乃家はふっと肩の力が抜けたように笑って。

「マジで思い出すとは思わなかったな」

と、甘い声で囁く。

「えっ、本当にそうだったの⁉　あの頃、私より背が小さかったよね⁉」

千珠は自分の目線あたりで、このくらいだったと手のひらをひらひらさせる。

「高校から三十センチ伸びた」

田乃家はふふんとちょっと自慢げに胸を張る。

「成長期すごすぎ！　うわあ～‼　うっそみたい、すごい、信じられない！」

千珠は十年以上ぶりの再会に、しかも美少女がでっかいドーベルマンになっていたことに衝撃を受けて、思わず田乃家の頬を両手で挟み、顔を近づける。

「いやでも、あの子にそっくりなお兄ちゃんがいたとしたら、きっとこの顔だわ……造作が同じだもの……いやでもなにを食べたらこう育つの……？」

そうやって顔や体をペタペタと触っていると、田乃家が大きくため息をつき、千珠の両手をつかんで自分の腰に巻き付ける。

「このタイミングで思い出されるとは思わなかったが、まぁいい」

田乃家は頬をうっすらと赤く染めて、言葉を続ける。

「だからさ俺の初恋はお前なんだよ。受付で見た瞬間、すぐにわかったくらい、あの夜のお前が、俺の脳に焼き付いてる」

「っ……」

「だからマッチングアプリで彼氏探してるの見て、チャンスだと思った。俺が思い描いていた出会いとは全然違ってたし、スタートはあまり褒められた形じゃなかったけど、絶対に絶対に、つけいってやる、恋人になるって決めた」

そして田乃家は腹をくくったように、千珠を見下ろす。

「今は木村の代わりでもいい。二十年以上好きだった男に今すぐ勝てるとは思ってない。でも、今は俺が好きだって、言えよ。俺を好きだって……もう好きになりかけてるって……言ってくれよ、千珠……」

どこか拗《す》ねたように、だが真摯に田乃家は思いを告げる。

正直、夏生への思いはもう二十年以上熟成されたもので、そう簡単に消えるものではないのだが――。

若干言いくるめられているような気はするが、確かに千珠は、最初からこの男にどこか心を許していた自覚はある。

心の奥、夏生とはまた別の場所で、なにかが芽吹き、つぼみをつけている。

「あ、あの……あのね、夏生の代わりとかじゃなくて……私……」

あなたとなら、恋を始められる気がすると、はっきり告げるよりも前に田乃家の顔が近づいてきて――。

告白の返事は、田乃家の甘いキスに先送りされてしまったのだった。

五章　誰がお前を抱いているか、ちゃんと見ろ

まだ部屋にいたら謝ろうと思って田乃家のマンションに向かったのだが、麗も夏生も姿はなかった。

ただテーブルの上にメモが残されていて、夏生の文字で、

『絶好のポイントで花火見せてくれてありがとと』

と書かれていたので、少しだけ肩の荷が下りる。

ゴールデンレトリバーと柴犬を足して二で割ったような夏生なら、きっとうまくやってくれるだろう。

ちなみにメモの端にはへたくそなウサギのイラストが描かれていて、そういえば夏生は妹に残すメモには必ずこうすることを思い出していた。

「ふふっ」

笑ってそのへたくそなうさぎを見つめていると、

「まぁ、あいつなら持田のこともなんとかするだろ」

メモをさっと上から奪って、そのままぽいっと屑かごに入れる。

「あっ」

「は？」

思わず非難の声をあげた千珠を咎めるように田乃家は眉を吊り上げる。

その瞬間、この男は思った以上に嫉妬深く、夏生に対抗意識を持っていることにようやく気が付いた。

「ねぇ……。もしかして、夏生を一時間早く呼んだのって……」

「――浴衣姿のお前と並んで歩くところ想像したら、ムカついたからだよ」

田乃家はあっさりと白状した。

「うわぁ……」

思わずドン引きしてしまった千珠だが、

「まぁ、俺がどんな男かわかってくれたんなら、それはそれでありだよ」

と軽く肩をすくめる。

「覚悟しろよな」

「えっ、あっ」

そして千珠の首筋に顔をうずめ、うなじを舌で舐め上げたのだった。

「あっ、だめっ……」

舌の感触にぞくりと全身が震える。

「だめなわけないだろ。あれからずっと我慢して耐え忍んだ俺の身にもなれ」

田乃家はそのまま強引に千珠をリビングの大きなL字型ソファーの上に押し倒し、上にのしかかってくる。

そして彼が身にまとっていた上品なサマーセーターの裾をつかむと、その下に着ていた白のカットソーごといっぺんに脱いでしまった。

目の前に鍛え上げられた肉体がさらけ出されて、千珠はぞくっと体を震わせる。

「や、したくないっていうんじゃなくて、汗かいてるからっ」

「そういや最初もそんなこと言ってたよな」

「私もやっぱり女の子だからねっ……やっぱり汗くさいのはやなの！」

こう言えば気遣って引いてくれるだろう。

田乃家に押さえつけられたまま、千珠はこくこくとうなずいたのだが——。

「でもまぁ今回は諦めろ」

「えっ」

田乃家はきっぱりと千珠の意見を却下すると、そのまま浴衣のおくみ部分に手を入れて大胆に持ち上げた。

「きゃっ！」

慌てて両手で前を押さえたが、すぐに田乃家の大きな手が太ももの内側に滑り込んできて、柔らかさを確かめるように優しく足を撫でさすり始める。

「もうっ……！」

非難めいた声色で千珠が頬を膨らませると、彼はどこか機嫌を取るように、

「千珠、足きれいだよな」

と甘い声で囁く。

「胸あんまり大きくないから……気を使ってるんでしょ」

若干すね気味の千珠に対して、

「俺は胸よりも足派」

田乃家は適当なことを言いながら、浴衣の合わせを開いて、鎖骨に唇を寄せる。

きっと彼は、どんな千珠のコンプレックスも『いいじゃん』としか言わないだろうし、全肯定してくるに違いない。

うんと甘やかして、千珠の傷を舐めて癒やして、心につけ込んでくるのだ。

（あぁ、わかってるのに……私、それでも嬉しいって思っちゃう……）

気が付けば田乃家の手によって、千珠はきれいに浴衣を脱がされていた。

「着物の仕組みがちゃんとわかってるのね」

「留学してた頃は、パーティーで着ると喜ばれるからよく着てたんだ」

「なるほど……」

強引に押し倒しておきながら、浴衣の帯を丁寧にほどき、伊達締《だてじめ》、腰ひもまで順を追って外していった彼は、足袋を脱がせたあと、最後に浴衣をソファーの背もたれにそうっとかけてから、改めて下着姿の千珠を見下ろした。

「――」

無言でこちらを見下ろす田乃家もまた、いつのまにか下着一枚になっている。

「あの……明かりは……」

体の大きな田乃家の下にいるが、天井には煌々と照明が輝いていて、このまま彼に抱かれてしまうとなにひとつ隠すことができないなと、少しだけ心がそわそわした。

「諦めろ」

にっこりと笑う田乃家に、千珠はやっぱりなぁ……と思いながら、両手で顔を覆う。

田乃家は千珠の手の甲に、ちゅっと音を立ててキスすると、

「お前の顔、見たい」

と甘い声で囁いて、手を外してしまった。

「千珠……」

「ん……」

名前を呼ばれた次の瞬間、唇が重なった。

マンションに戻ってくる前、さんざん吸われた唇はかすかに腫れていて、吸われるとぴりっと痛みが走る。だが同時に田乃家の分厚くて熱い舌が口の中に滑り込んでくると、とたんに千珠の口内はとろとろに溶けていく。

「あ……んっ……ん……」

必死に快感を抑えているのに、自分の口から甘えたような声が出て、恥ずかしい。

いったいい自分は、今どんな顔をして彼とキスしているんだろうか。

「千珠……お前の舌、小さくてかわいいな」

田乃家は相変わらず千珠を全肯定しながら口蓋をなめ上げ、ブラジャーを下からたくし上げて千珠の胸を露わにすると、ちゅうっと乳首を吸い上げる。

「あっ……！」

いきなりの刺激に千珠が体を震わせると、

「乳首も小さくて、かわいい。ふわふわで、俺にかわいがってもらえるのを待ってるんだよな」

田乃家は甘い声で囁いて、舌全体で先端を包み込むように吸い始める。

じゅるじゅるといやらしい水音が響くと同時に、もう一方の胸の先は、先端に触れるか触れないかの距離で優しくなぞられ始める。

「あっ、あっ……」

全身がゾクゾクと震え始め、千珠は何度か身じろぎしたが、圧倒的に体格差がある田乃家にのしかかられている状態では、逃げて快感を逸らすことなどできなかった。

「大丈夫、ちゃんと交互に舐めてやるから」

田乃家はそう言って、言葉どおり、大きな手で乳房を揉みしだきながら円を描くように優しく撫で、舌で乳首をつつき、興奮して勃ち上がった乳首を前歯を使って甘噛《あまが》みする。

それからゆっくりと舌を這わせ、千珠のへその穴をからかうように舐めたあとは、ソファーに座って背後から抱きかかえるように千珠を両足の間に座らせ、太ももの内側に手を当てて左右に開いた。

周囲に高層マンションなどないが、カーテンは半分ほど開いている。

「待って、この体勢、恥ずかしい……」

外から見えるわけがないと頭ではわかっているが、それで羞恥心がなくなるはずもない。

「大丈夫だ。すぐにそんなこと、どうでもよくなるようにしてやるから」

田乃家は背後から甘い声で囁くと、すっかり硬くとがった乳首を指の腹で下から上に弾《はじ》くようにいじり始めた。

「あっ……んっ」

まるで楽器でも爪弾《つまび》くかのように、彼の指が千珠の柔らかな体に触れて、快感を引き出していく。

腹の奥がじわじわと痺れるように熱くなる。

「も、もうっ、そこばっかり……っ」

「ああ、そうだな。下も触って欲しいよな」

田乃家は低い声で囁きながら、右手をショーツのクロッチ部分へと移動させる。そして布越しにゆっくりと指を動かし始めた。

「もうすっごい濡れてる」

「あっ……」

彼の言うとおり、田乃家が円を描くように指を動かすたび、ぐちゅぐちゅと淫らな音がリビングに響く。布越しの感触がもどかしくて、千珠はビクビクと体を震わせることしかできない。

「ここ、大きくなってるよな。直接触らなくてもわかる」

田乃家が指の先で、花芽をこする。

「いいよ。指、入れてやろうか」

田乃家はゆっくりとクロッチ部分を横によけると、中指を蜜口にあてがい、ゆっくりと中に押し込んだのだった。

「はぁっ……あ……」

田乃家は千珠の首元にちゅっ、ちゅっとキスを落としながら、囁く。

「熱い……指がとろけそう」

そう言いながら、田乃家はゆっくりと指を動かし始めた。

一本、また一本と指を増やした田乃家は、同時に千珠の乳首をつまんだり撫でたりしながら、快感を煽っていく。

「あ、ああ、あんっ……」

田乃家が指を抜き差しするたび、千珠の中がまたきゅうきゅうと締まる。

気持ちいい。だがいつまでも続く甘い快感には、どこかもどかしさすら感じてしまう。

「——指じゃ全然足りないんだろ？」

そしてそれは田乃家もわかっているようで、千珠の肩に唇を押し付けながら、

「お前が一番感じるのは、指が届かない場所だもんな」

とかすれた声で囁いた。

「入れてくださいって言ったら、入れてやるよ」

「え……」

「入れて、いっぱい奥を突いてくださいって、おねだりして。俺、すっげぇ張り切るからさ」

「っ……」

耳元で響くからかうような田乃家の言葉に千珠は頬を赤く染め、

「ばか、いじわる……っ」

と吐息交じりに首を振った。

「お前になじられると興奮するな」

「うぅ……へんたい……」

「そうだな。でも……俺をおかしくするのは、お前だけなんだ……お前だけ……」

田乃家は自分の声が死ぬほどイイことを理解しているのだろうか。

耳元で田乃家に囁かれるだけで、千珠の理性は徐々にすり減ってしまう。

相変わらず彼の指は千珠の中を優しくほぐしながら、煽るだけだった。

「ん、あっ……あ……」

両膝をすり合わせながら千珠はもだえる。

こんな声出したくないのに、甘い声が止まらない。

気が付けば下着はいつの間にかひざ下までずり落ちていて、淡い叢は千珠のこぼした蜜でいやらしく淫らに濡れそぼっていた。

(あぁ、もう、むり……)

観念した千珠は、ゆるゆると首を振った。

「っ……れ、てっ……」

声を絞り出す千珠に、

「ん？　聞こえない」

絶対わかっているはずなのに、田乃家は甘い声でその先を促す。

「はっきり、言えよ」

「っ……い、れて、ゆびじゃなくて、けんたろ、の、ほしいっ……奥まで、入れてっ……」

口にした瞬間、目の前がカーッと赤く染まり、全身が沸騰するほど熱くなった。

だがそれは背後の田乃家も同じだったようだ。

「千珠……っ……」

彼は千珠の中から指を抜き、ボクサーパンツの中で激しく勃起していた男根を取り出すと、慌ただしくこすりながらソファーから立ち上がった。

「あっ……」

田乃家がいきなり腰を浮かせたせいで、千珠の体も前傾姿勢になる。だが床に倒れるよりも早く、田乃家は千珠の両肘を背後からつかむと、自分のほうに引き寄せながら、後ろから一気に突き上げるようそそり立った屹立を挿入したのだった。

その瞬間、千珠の全身に稲妻が走る。

すっかりとろけきった蜜壺はみっちりと田乃家のモノでふさがれている。

彼の肉杭はビクビクと震えながら、千珠の中を味わうようにさらに肥大していく。

「ひ、あっ……ああ、あっ、あっ……！」

千珠は背中をのけぞらせながら、声にならない悲鳴をあげ、はくはくと唇を震わせた。

「もしかして、入れられただけで、イッた？」

田乃家は千珠の両方の肘をつかんだまま、グッグッと腰を押し付ける。

「ま、あっ、ま、って、あっ……」

体勢のせいか、奥に当たっているのがわかる。子宮を押し上げるようなその力に、千珠はぶるぶると震えながら首を振った。

「待ってって、俺まだなにもしてない。入れただけだろ？」

入れただけ、なにもしてない、なんて嘘だ。

田乃家が軽く腰を揺らすだけで、彼の硬いモノが千珠の媚肉をえぐり、膝ががくがくと揺れた。身長差が二十センチ、体重にいたってはもっとあるはずで、後ろから肘をつかんで支えられているとはいえ、かなり不安定な体勢である。

「あ、ああっ……やだ、ゆさぶらないでっ……ま、まだっ……」

「ああ……お前がイってるのわかるよ。ひだひだがからみついて、すっげぇ気持ちいい……だから、もっと、よくしてやりたい……！」

田乃家はそう言うと、軽く息を吐き腰を引くと、一気に最奥まで打ち付けたのだった。

「──あッ！」

肌がぶつかり、千珠がこぼす蜜がふたりの結合部から床に滴り落ちる。

ばちゅん、ばちゅん、と、みだらな水音が響き、奥を突かれるたびに目の前に星が飛んだ。

「や、だめ、あっ、ああぁ、あっ、ンッ……！　あああ、アッ！」

もう自分では止められない。

太ももがわななと震えて、膝ががくがくとわななく。

「これでいやとか、だめとか、嘘だろ……？」

「や、なんで、うそじゃ、ないっ……」

あまりにも良すぎて、涙が出た。

「いいや……お前、腰が揺れてるよ。俺にもっとして欲しくて、ねだってる……」

田乃家は興奮を抑えるためか、抑揚のない声でそう囁きながら、肘をつかんでいた右手を千珠の顎下へとすべらせ、後ろを向かせた。

背中に覆いかぶさった田乃家は、かすれた声で囁いた。

「誰にも見せたことがない姿、俺に見せてくれ……」

漆黒《しっこく》の瞳が濡れたように輝く。

この世に悪魔がいるとしたら、その誘惑はきっとこんな風に美しいに違いない。

「～～ッ！」

宣言とともに田乃家の肉杭が最奥を貫く。

串刺しにされたと思った。

死んでしまうと、感じた。

これまで付き合った、求められるから差し出すだけだった男性とはまるで違う。全身全霊、細胞のひとつひとつまで全部、田乃家に塗り替えられるような感覚。

「あ、あああッ……ン、んッ、あぁ～……」

自分の悲鳴がうんと遠くから聞こえる。

背後から激しく突かれ、意識がほんの数秒、吹っ飛んだ。

千珠の断末魔に似た悲鳴とともに、ずるりと肉杭が引き抜かれる。

内臓が裏返りそうな圧力に、また千珠は息をのんだ。

「っ……出そうになった……」

「ま、まだ……イってなかったんだ……？」

彼の言葉に千珠はぼんやりとした頭で、何度か瞬きをする。

「いや、さすがにナカ出しはまずくないか？　まぁ、俺はお前がどうしてもって言うならやぶさかではないけど……手っ取り早く外堀埋められるし」

「だ……だめだよ……」

冗談だろうと思ったが、こちらを見つめる田乃家の瞳はどこか落ち着いていて、ほんの少しばかり真実が入り混じってるような気がする。

「そうか。残念だ」

田乃家はかすかに息を乱しながらそう囁くと、軽く千珠のこめかみにキスを落として、そのままぐったりした千珠を抱き上げて、寝室へと移動した。

八割がたぼんやりしている千珠をシーツの上に横たわらせ、サイドボードの上に置いてあった新品の避妊具を手に取り、手早く装着した。

神話に出てくる男神のような肉体美にふさわしい彼の屹立は、雄々《おお》しくそそり立ち千珠の蜜で濡れていやらしく輝いていた。

普通ならグロテスクに感じるはずなのに、そうは見えない。

結い上げていた千珠の髪はいつの間にかすべてほどけていて、黒髪がシーツの上に散らばっている。

田乃家はその髪をすくいながらそうっと毛先に口づけると、千珠の顔の横に肘をついて、すでに限界ぎりぎりの肉杭をゆっくりと挿入した。

「あ～……はぁっ……」

田乃家がぎゅうっと眉のあたりにしわを寄せて、息を吐く。

いつも余裕ぶっているのでこういう表情は珍しい。

一方、千珠の体はもう何度も天上に打ち上げられているので、少し体の感覚が鈍ってしまったようだ。

挿入されているのはわかるが、ほんの少しだけ余裕がある。

「きもち、いい……？」

ぼうっと痺れながら尋ねると、田乃家はふっと笑って、

「いいよ」

と囁いた。

そして千珠の額に張り付いた髪を指で取り除きながら、覆いかぶさるようにしてキスをする。

「ん……あ……」

最初は触れるだけだったキスは、すぐに濃厚なものになった。

田乃家の舌に口の中をかき回されて、千珠はすぐに息も絶え絶えになる。

「お前、唇も熱いなぁ……」

一方、田乃家は甘い声で囁いて、それからまるでオールで舟をこぐようにゆったりした動作で抽送を始めた。

ぎりぎりまで引き抜いて、先端の段差の部分で入り口をこする。

「ん、あっ、あぁっ……」

その快感に千珠が体を震わせると、

「千珠は入り口のとこすられると弱いもんな……」

田乃家はうっとりした顔で囁き、腰を揺らした。

「あ、ああっ……」

彼の屹立が千珠の媚肉をえぐる。

弱いところは重点的に。

良すぎてとっさに目を閉じると、

「目を閉じるなよ。俺を見ろ」

すぐに指摘が入って、目を開けさせられた。

「あっ、はっ、ンッ……あんっ……はぁっ……」

今、自分はどんな顔をしているんだろう。

体どころか心も全部さらけ出しているのではないだろうか。

いやだと思う気持ちと、でもすべて知られているという心地よさが交互に千珠を支配して、感情がぐちゃぐちゃになる。

(私ずっと、本心を隠してきたから……)

すべてを明け渡す感覚が、今の千珠には驚くほど新鮮だった。

必死に目を開けて田乃家を見上げると、こちらを射貫《いぬ》くような熱い眼差しの彼と視線が絡み合う。

「そうそう。俺に抱かれてるんだってちゃんとわかってるよな?」

「わ、わかってる、あっ……」

こくこくとうなずくと、

「いい子だ」

田乃家はまるで飼い犬を褒めるように千珠の頬に手を置いて、優しく撫でる。

そして汗で張り付いた前髪をかき分けると、額にちゅっと音を立ててキスをした。

「それで……俺も、そろそろイキたい」

「うん……」

「激しくしていい？」

今まで激しくしてなかったのだろうか。

ここまで何度も一方的にイカされまくったので、びっくりしたが、田乃家にも気持ちよくなって欲しいので、千珠はうん、とうなずいた。

そして田乃家の首の後ろに手を回す。

「めちゃくちゃに、して……」

その瞬間、田乃家はその瞳に獣じみた光を宿らせて、息をのむ。

ぐうっと喉を鳴らし、その張りつめた筋肉質な体が膨らんだように大きくなった。

「……千珠……っ」

「アッ……！」

ぎりぎりまで引き抜かれた肉杭が一気に最奥に押し込まれる。

張りつめた先端に子宮を押し上げられて、千珠の太ももをぶるぶると震わせた。

「あ。アッ、あん、あああっ、あっ」

全身を抱えるように抱きしめられた千珠は、そこから一方的に田乃家に蹂躙《じゅうりん》された。

そう、まさに蹂躙で侵略だった。

突き上げられる体は田乃家の二の腕にしっかりと抱かれて、逃げ場がない。

抽送されるたびにこぼれる蜜がシーツをぐしょぐしょに湿らせていく。

どちらが上で下かわからないくらい、もみくちゃになって、それでも田乃家は千珠を果てしない場所まで追いつめていく。

彼は好きだ、かわいいと囁きながら千珠の唇をむさぼる。

激しく求められて、千珠はもうこのまま溶けてなくなりたいくらい、幸せな気持ちになった。

「ちず、はっ、あぁっ……あ、あっ、ッ……あ、ちず、すき、愛してるッ……」

「あッ……わ、わたし、もっ……」

彼が達する瞬間、千珠もほぼ同時に弾ける。

無我夢中で抱き合い、視線が絡み合った瞬間、どちらともなく唇を重ねていた——。


眠りから目が覚めたのは、ほぼ明け方だった。

カーテンの隙間から差し込む朝日に目を覚まし、裸の体の上にとりあえず浴衣を羽織ってルーフバルコニーに出る。

頬杖をつきぼんやりと朝日を眺めていると、背後からいきなり抱きしめられる。

「ひゃっ……」

驚いて振り返るとスウェットに上半身裸の田乃家だった。

「目が覚めたらいないから、びっくりしただろ」

若干すねたような口調に、千珠は「ごめんね」と素直に謝罪の言葉を口にする。

体に巻き付けられた彼の腕をとんとんと叩き、それから、

「日の出を見たの、久しぶりかも。きれいだね」

と囁いた。

そう、本当にきれいだった。

このマンションが高層で遠くまで見渡せる景観であることだけが、その美しさの理由ではない。おそらく千珠の気持ちが整理されたことが大いに関係しているのだろう。

そしてそれは、田乃家のおかげだ。

今なら素直になれそうだと思いながら、千珠はぽつぽつと口を開く。

「私……夏生がずっと好きだったんだ。生まれたときから一緒にいて、隣にいるのが当たり前で……これから先もずっと一緒にいると思ってた」

「――」

彼にとってあまり楽しい話ではないはずだが、背後の田乃家は、黙って千珠の言葉に耳を傾けている。

「でも、自分が彼女になるために、なにか努力をしたことなんて、一度もなかった。夏生の『頼りになる幼馴染』でいるのが楽だったし、気持ちよかったから……。二十年以上、告白する勇気もなかったのに、私、スタートラインにも立たないまま、妬んだり、嫉妬したり、陰で『早く別れればいいのに』なんて思ってて……最低だった」

自分のダメなところを打ち明けるのはなかなかに勇気がいるが、これは事実だ。

「――そのくらい、誰だって思うだろ」

「え？」

振り返るとこちらをじっと見つめる田乃家と視線が絡み合う。

「相手の幸せを願って身を引くなんて、俺は絶対にやらない」

「ええっ？」

「好きな女はどんな手をつかってでも手に入れたいし、ほかの誰でもなく俺が幸せにするべき」

自信満々でありながら、どこか軽い調子の発言に、千珠はふっと肩の力が抜けた気がした。

(励ましてくれてる、んだよね。たぶん……)

ありがとう、と言おうとした次の瞬間、

「そもそもお前がどの段階で木村に告ったところで、まぁ無理だったと思うけどね」

田乃家は「ハハッ」と鼻で笑った。

「ちょっと、さりげなく私をディスらないでよ」

しれっと言われて千珠は唇を尖らせたが、それは自分でもわかっている。

「そうよ……夏生は私をただの幼馴染としか思ってないんだから」

しょんぼりと肩を落とす千珠だが、それを聞いた田乃家は、きっぱり否定した。

「いや、それは違う。あいつにとってお前は、女とかそういうレベルじゃない。大事な大事な、妹とか姉みたいな存在なんだ。お前の結婚式では誰よりも号泣するだろうし、俺がお前を泣かせようもんなら、殴りに来ると思う。うっとおしいくらい愛されてるよ、お前」

「……そっか」

田乃家の励ましに、ごく自然に涙腺が緩んだ。

男女の仲にはなれなかったが、自分は夏生にとって大事な存在であると言われれば『そうかも』と思うのは、きっと千珠にとって夏生もまたそれに近い存在だからなのかもしれない。

「中学生くらいのときに、さっさと夏生に告白してたらよかったな。そしたらいい思い出になったのに」

「――それはだめ」

千珠を抱く田乃家の腕に力がこもる。

「なんで？　どうせ振られるのに」

「だとしても、なんかムカつく。いいか、あいつに『実は昔好きだった』とか、絶対に言うなよ」

冗談めかしているが目がマジだった。

「言わないよ」

千珠は笑って身をよじり、田乃家と向き合った。

「私にはその……たの……健太郎さんがいるもんね」

えへへと笑うと、田乃家が一瞬驚いたように目を見開き、それからとろけるような甘い笑顔を浮かべる。

「そうだ。俺の初恋の粘り勝ちだ」

田乃家は優しく目を細めながら、頬を傾け千珠に口づける。

朝日に照らされる中、彼の背中に腕を回すと、息が止まるほどきつく抱きしめられて――。

「とりあえず今から一緒に風呂入ろう」

「うん」

「量販店でお前の着るものも買ってくるよ。ついでにゴムも」

「うん……」

「だからその前に、もう一回抱かせて」

「う……ん？　も、もうっ……！」

胸のあたりをげんこつで叩くと、田乃家がけらけらと笑う。

それからもつれるようにキスをして、抱き合いながらマンションの部屋へと戻る。

もちろん、風呂の前にまたベッドで抱き合ったのは言うまでもない。


金曜日のエール化粧品のエントランスは、いつものようににぎわっていた。

花火から二週間ほどが過ぎて、そろそろ残暑だ。とはいえ、まだまだ暑さは厳しい。

(――健太郎って、釣った魚には餌をやらない系なのかな)

額ににじむ汗をハンカチで拭く人たちを横目で見ながら、千珠はいつもどおり受付の仕事をてきぱきとこなしていたが、頭の中はそのことでずっとモヤモヤしていた。

午前中、社内で田乃家とすれ違った。

千珠は会議室の掃除のためにフロアを訪れていて、彼は別部屋でミーティングを終えて移動中だったのか、あきらかに千珠に気づいたのに、さらっと無視をしてそのまま偉そうな社員と一緒にエレベーターに乗ってしまったのだ。

(はぁ～？　無視しなくてもよくない⁉)

せめてアイコンタクトのひとつくらいしてくれても罰《ばち》は当たらないと思うのだが、自分が強欲なのだろうか。

両想《りょうおも》いになるまではちょこちょこと会議室に連れ込まれたり、食堂で千珠に声をかけてきた男性を威嚇したり、廊下の端っこやミーティングルームでハグしたりキスしたりしていたのに、思いが通じ合ったところでいきなり塩対応になるのはいったいどういう了見なのだろう。

そもそもこの二週間、田乃家とは仕事の忙しさもあってかなかなか会うことがかなわず、電話でゆっくり話すことすらできていない。

せめて『おやすみ』くらい言いたくて、寝る前にアプリでメッセージを送るのだが、既読が付くのはたいてい翌朝で、返ってくる返事は『おはよう』である。スタンプすらない。

この状況、わかってはいたのだ。

田乃家はあの手のアプリにほぼ目を通さない。去年まで導入すらしていなかったのだが、周囲に言われて仕方なくダウンロードしたのだとか。

付き合いで一応入れてはいるが、いちいちチェックなどしないのである。

花火の夜も、タクシーを呼ぶ田乃家のスマホをちらりと見たら、未読通知が何百も溜まっていて、衝撃を受けてしまった。

『これ、あとから全部確認するの？』

『いや……基本読まない』

『友達から連絡とかあるんじゃない？』

『家族とか親しい人間は電話してくるか、十年前から使ってるメアドに連絡してくるから』

と、さっぱりしたものだった。

仕事では社内チャットシステムを使うので、それで問題はないのだろう。

一応でも毎日確認して返事をくれる分、千珠は彼にとって特別なのかもしれない。

（おはようもおやすみも、予測変換をそのまま入力してるだけだと思うけど……！）

そもそも今まで、千珠の付き合ってきた相手は『適当な男』しかいなかったので、連絡があったりなかったりを気にしたことがなかった。

逆に田乃家は本命にもかかわらず連絡があまりマメではないということがわかり、モヤモヤしているのである。

（でも……連絡もっとマメにして欲しいとか、ちょっとウザいのでは……？）

これまで連絡なんてなくていいやと思っていたのに、この変わりよう。

やはり自分はあのちょっと変わった男に恋をしはじめているらしい。

（なんだか照れくさいかも……）

だが今はそんな浮足立った気分も、新鮮で、嬉しかった。

「千珠さん、先に休憩をいただきますね」

「あ、はい。行ってらっしゃい」

ちょうどお昼休憩が始まる時間だ。

先に休憩に行く麗をにこやかに見送った千珠は、彼女の姿が完全に見えなくなったあと、キーボードに指を滑らせながらはぁ、とため息をつく。

そう、田乃家だけではない。彼女との関係もこのままでいいのかと、ずっと気になっていた。

(麗ちゃん、いつもどおり……なんだよね……)

謝りたいと思ったが、彼女の気持ちを勝手に推測して『あなたの好きな人だと知らずにこんなことになってごめんなさい』なんて言えるはずもなく、そして彼女がいつもどおりなら余計できることはない。

(逆に、麗ちゃんから『木村さんが私のこと好きになってしまって、ごめんなさい』なんて言われたら、どう反応したらいいのか、わからないもん)

こんな状況で謝りたいなんて、ただの自己満足に過ぎないことは自分でもわかっている。

それからしばらく業務をこなしていると、営業帰りらしい夏生が姿を現した。

カウンターに座っている千珠を見て、パッと表情を明るくして早足で近づいてくる。

「お疲れ様です」

「ありがと！」

千珠の言葉にニコッと笑った夏生は、持っていた小さな紙袋を差し出してきた。

「これ、差し入れ。麗ちゃんと食べて」

千珠はちらりと腕時計に目を落とし、

「ありがとう。あと十分くらいで麗ちゃん戻ってくるよ。どうせなら直接渡したら？」

と提案する。

あれから夏生は麗とどうなっているのかわからないが、たまに話している姿も見るので、悪い関係ではないように思う。

花火の翌日、田乃家に家まで送ってもらったときに、ひょっこりと顔を出して『ちゃんと家まで送ってきたんならヨシ』と、謎の保護者感を出していたのは、笑ってしまったが。夏生なりに千珠のことを心配してくれていたのは伝わってきた。

そして長い片思いをこじらせていた、千珠の夏生に対する気持ちは、不思議と落ち着いている。

もちろん今でも大事に思っているが、それは男性というよりももはや大好きな家族に向ける愛情に似ていて、千珠が今、田乃家に向けている恋情とは全然違うものだと、自分でもはっきりと気が付いていた。

さんざん振り回したので田乃家には言えないが、彼が言葉や態度でまっすぐに自分を愛してくれたおかげだろう。

「顔見たいのはやまやまなんだけどさ」

夏生は千珠の言葉に軽く首を振る。

「十四時から急遽打ち合わせ入ったから、準備しないと……。そうだ、ここで来客用のミーティングルーム予約できる?」

「確認しますのでお待ちください」

千珠はよそいきの顔で小さくうなずいて、キーボードに指を滑らせた。

来客用ミーティングルームはエントランスと同じ一階にある。顧客との打ち合わせに使う部屋だ。

「十四時から念のため二時間で予約入れました」

そして手早く予約完了メールを、目の前の夏生の仕事用のスマホに送信した。

メールを確認した夏生は「ありがと」と笑みを浮かべたが、すぐに少し硬い表情になった。

夏生らしくない、いつもは見ない顔だ。

「どうしたの?　あまり気が進まない感じの打ち合わせ?」

営業職をするために生まれたような、人懐っこさの権化である夏生にしては珍しい。

だいぶ幼馴染寄りの感情で問いかけると、夏生はスマホを持ったまま軽く肩をすくめて、

「実はこのお客さん、女性社員にセクハラがひどいってことで、俺が引き継いだんだ」

と、カウンターに顔を寄せ、囁いた。

「うわぁ……ご愁傷様です」

このご時世、コンプライアンスがしっかりしているはずの大会社でも『そんな人間いる？』と疑いたくなるような社員は存在するのである。

「もともとちょっとやっかいな人らしい。お気に入りの女子社員から、男の俺に担当が変わったってことで相当ご不満らしいけど……。まぁ、仕事だからな、うまくやるよ」

夏生がそう言って目を細めたところで、

「木村さぁ～～んっ」

と、舌ッ足らずの女子社員が近づいてきた。

千珠と夏生が話しているのは見ればわかりそうなものだが、当たり前のように割り込んできて、千珠に目線ひとつ寄越さない。

勿論急ぎの用なら仕方ないのだが、彼女は首を小さく傾けながら、

「ごめんなさぁい、あたしのせいでっ……担当変わってもらってて……」

と、夏生を下から見上げながらすり寄り始める。

二十代前半の麗とそう変わらない年齢だろうか。女子アナのようなかわいらしいスタイルと容貌で、いかにも男子ウケがよさそうな雰囲気である。

(なるほど、この子がセクハラされてる子か……)

セクハラ死すべし！　と思いながら、同時に彼女がものすごい上目遣いで、夏生に迫っているのが若干気になった。

近い、近すぎる。会社のエントランスだというのに、なりふり構わず近づいている。

他人の目が気にならないのか、むしろ逆に周囲に見せつけているのかと疑いたくなるような密着ぶりだ。

「これが終わったら、お礼させてくださいっ～。今日の夜はどうですかぁ？」

「や、お礼なんていいよ。仕事なんだから気にしないで」

夏生はさわやかに微笑み、首を振る。

「やだっ、先輩いつもそう言って、全然あたしに構ってくれないじゃないですかぁ～～」

「ははは。そうだっけ？　ごめんね」

そして迫られている夏生は、慣れっこなのかいつもの調子でニコニコ笑ってさらりとかわしている。くねくね彼女の攻撃はなにひとつ効いていないようだ。

モヤァ……と感じるものはあったが、仮にこの後輩が夏生に好意を持っているとしても、それはまったく罪ではなく、彼女は彼女なりに頑張っているだけだ。千珠が口を挟むことはない。

「あ、ごめん。もう行かなきゃ」

そして夏生は千珠に向かって「じゃあな」と軽く手をあげ、そのままスタスタとエレベーターのほうへ向かって行ってしまった。

（夏生も大変そう……）

幼馴染の背中を見送ったところで、女子社員がきりっとした表情に戻り、千珠の座るカウンターの上に乗り出すように顔を近づけてきた。

「あの、ちょっと聞きたいんですけど」

急に声がワントーン低くなっている。これが彼女の素なのかもしれない。

「あっ、はい」

仕事のことじゃなさそうだなと感じたが、さすがにいやですとは言えない。なんでしょうかと真面目に聞き返す。

「木村先輩って、受付の持田さんと親しいかどうか、知ってます？」

「えっ？」

「二週間前くらいに、浴衣姿の持田さんと一緒にいるのを見た子がいるんですよね。同じ受付の人ならなにか知らないかなと思って」

「えーっと……知らないですね～……」

花火に心当たりはあるしなんなら当事者だが、もちろん話すつもりはない。

千珠はへらっと笑って首を傾げた。

「えっ、ほんとに～？」

彼女はマツエクで放射線状に伸びたまつ毛を震わせながら、疑い深くこちらを見つめた。

「本当です。本当になにも知らないです」

全然な～んにも見当もつかないです、という表情の千珠に、女子社員は不満そうに唇を尖らせた。

「でも友達は見たって言うし……」

唇を尖らせつつ、さらにビックリするようなことを口にした。

「浴衣着て花火デートなんて、狙いすぎてキモ～」

「えっ？」

あまりの暴言に、一瞬空耳かと思った。

「まぁ、持田さんが必死になるのもわかりますよ。受付なんてニコニコ笑ってるだけのつまんない仕事だし、楽しみって男探しくらいでしょ？　だから木村さんみたいな高スペック男子は目をつけられて当然っていうか。あの人、誰にでも優しいし、冷たくできない人だから」

「……」

適当に流していたが、さすがにカチンときた。

「あの……ちょっと、だいぶ、失礼じゃないですか？」

とニコニコしながら口を開く。

「は？」

「セクハラには同情しますし、女だからってそんな目に遭うのは断固反対ですけど、自分の思いどおりにならないからって、他人をキモイとか言います？　あなたが誰にでも優しい木村さんにのらりくらりと避けられてるの、そういう性格がにじみ出てるからだと思いますよ」

売られたケンカはできるだけすみやかに、倍にして返す千珠である。

「っ……」

千珠の反撃を聞いて、女子社員は凍り付いたように頬をひきつらせた。

「木村さんが誰と親しいかなんて、私は全然知りませんけど。私からしたら、持田さんのほうが社会人としてちゃんとしてるし、魅力的だと思います」

その瞬間、女子社員はカーッと顔を赤くして唇を引き結ぶと、大きな目にうっすらと涙を浮かべたかと思ったら、

「うちは派遣でもかなりの狭き門なのよ！　あんたなんかどうせ愛人コネ枠で入ってきただけ

なんでしょっ！」

と言い捨て、ドスドスと足音を鳴らして去っていった。

（強烈～……）

ふふっと鼻で笑いながら、千珠は軽く息を吐き、手のひらで自分の顔を挟み込む。

「また愛人って言われてしまった……しかも愛人コネ枠って……せこ……コネならせめて社員にしてよ……」

事実、面接を受けたときは何十倍もの狭き門だったらしいが、それでも千珠が採用されたのは、前職の社長秘書という経験のおかげである。

「――ま、どうでもいっか」

がっくり肩を落としていた千珠だが切り替えは早い。

気を取り直してピンと背筋を伸ばしたところで、

「――千珠さん、戻りました」

と声がかかった。

「ひゃっ……！」

驚いて椅子から転げ落ちるかと思った。声のしたほうを振り返ると麗が立っている。

「あ、おかえりなさい。じゃあ次は私が休憩ねっ」

千珠は何事もなかったかのように足元から私用のミニトートを取り出すと、

「行ってきます」

と、彼女の反応を見ないまま、いそいそとカウンターを離れる。

(さっきの聞かれてないよね……?)

夏生を狙っている女子からつまらないヘイトをかっているなんて、麗が知ったら傷つくだろう。

一応、夏生にはこっそり伝えておこうと思いながら、千珠はそそくさと社員食堂へと向かったのだった。


今日も社員食堂に田乃家はいなかった。

若干しょんぼりしつつキツネうどんを食べ終えた千珠は、氷がたっぷり入ったアイスティーをのみながら、スマホを取り出す。

まず夏生に先ほどの女子社員に麗のことを聞かれたことを伝える。コミュニケーションモンスターの夏生なら、角が立たないようにうまく麗を護るだろう。

次に田乃家とのトーク画面を開く。

交互に並ぶ『おはよう』と『おやすみ』にちょっと笑いつつ、

（休みがいつか、聞いてみようかな……）

と、緊張しつつ唇を引き結んだ。

田乃家がリーダーになっているという新商品の展示企画は、九月末を予定していたはずだ。

それが終われば少しは余裕ができるはずである。

（よし、自分から誘ってみよう！）

『釣った魚にエサをやらない』のかとすねていても仕方ない。

今まで受け身だった自分が変わるべきなのだ。

千珠は自分に気合を入れつつ、スマホを両手で強く握りしめた。

『毎日仕事お疲れ様です』

『土日が休めるようになったらデートしない？』

そこまで入力して、送信前にメッセージを読み直すと『毎日仕事お疲れ様です』という単語が、嫌味のような気がして、即座に入力した文字を削除していた。

（や、ちょっと待って。休めるようになったらって、向こうだって休みたくないわけないだろうし、なんか意地悪っぽくない？）

千珠はスマホを握りしめたまま、しばらく考え込んだ。

「……はぁ」

難しい。難しすぎる。

どうしたら好感度もあがるようなメッセージが送れるのだろうか。

今までどうやって男の人をデートに誘っていたのか、正直全然思い出せない。

(いやでも、私の場合変に気遣ったところで空回りしがちなんだから、普通に自分のやりたいことを伝えてみようかな……)

田乃家は芯のある男だ。いやなときはいやだとはっきり言ってくれるに違いない。

「うん……そうよね」

千珠は何度か深呼吸を繰り返したあと、

『最近全然話せてないし、おしゃべりしたいな』

『仕事が一段落したら会えない?』

『そういえば十月の連休は予定ある?』

『私は全然暇なんだけど』

『旅行もいいよね』

『紅葉には少し早いし、忙しかったら日帰りでいいんだけど』

『きれいな景色を見たりおいしいもの食べたりしない?』

『あ、私、実は運転できるんだよ。前の職場で免許取らされたから』

『レンタカー借りてドライブもいいかも』

欲望の赴くままに長文メッセージをしたためていた千珠だが――。

自分のメッセージが前のめりすぎてなんだか急に、恥ずかしくなってしまった。

「や、やめよ……素直とかいう以前にがっついてるわ……」

既読が付く前なら取り消すことができる。

千珠は打ったばかりのメッセージを長押しして取り消すと、スマホをバッグに放り込んで席を立った。

文字だと相手のリアクションが伝わってこない。やはり夜にでも電話してみようと、化粧を直してエントランスへと向かったのだが、受付カウンターの周辺が騒がしいことに気が付いて、自然と早足になっていた。

「だからさぁ、それはいくらなんでも失礼なんじゃないの!?」

「――申し訳ございません」

麗がカウンター越しに、スーツの男に何度も頭を下げている。

（えっ、なになにどうした……？）

千珠はバッグを持ったまま急いでカウンターに近づき「お疲れ様です」と言いながら、麗の隣に並ぶ。

謝っている麗がちらりとこちらを見て、しゅん、と眉を落とす。

無言で「ごめんなさい」と謝っているようだった。

(麗ちゃんがクレーム受けるって珍しいな……)

物腰が柔らかな麗は、めったなことでお客様からお叱りを受けることはない。

(大丈夫だよ、とりあえず私も一緒に怒られるからね！)

ひとりに対して怒鳴っていても、ふたりになると急にテンションが下がることは多々ある。

(とりあえず私も話を聞こう……)

前職でデザイナー兼社長のヒステリーじみた叱責を死ぬほど浴びてきたので、少々のことでは動じない千珠は、じっと目の前の男を見つめた。

年の頃は四十代前半くらいだろうか。会社がわかるなにかを持っていないかと目を凝らすと、質のよさそうなスーツの襟元に社章バッジがつけられていることに気が付いた。

(あれはどこだっけ……あっ、確か、どっかの精密機械会社だ……！)

化粧品製造のための精密機械は、エール化粧品ではいくつかの取引先があったはずだ。

(珍しいな……どちらかというとこちらがお客様なのに)

よほどのことがあったのかと、千珠は身構えながら男の怒鳴り声を聞いていたのだが――。

「もう僕はここに何度も訪れてるんですよ。なのにあなたは僕の名前を覚えていなかった！」

(は?)

「しかもアポイントをとっているのに、こちらを優先しないなんてありえないでしょう!」

カウンターテーブルをバシバシと叩きながら喚《わめ》き散らしている。

(どういうこと……?)

変だな、と思いながら目の端でちらりと麗を見ると、

「申し訳ございません。お客様より先にカウンターにお声がけいただいたお客様がいらっしゃって……」

と、頭を下げている。

(はぁぁ!?)

千珠は耳を疑った。

自分が優先されなかったことに死ぬほど腹を立てているこの男は、名前を覚えられていないと憤慨しているようだが、一日どれだけの来客があるか、この男は知らないのだろうか。ふつふつと怒りがこみ上げてくる。

正直理不尽だと思ったが、とりあえず理由はわかった。

千珠は神妙な顔をして頭を下げる。

「お客様のお怒りはごもっともで、もとはと言えば私が離席していたせいです。お客様の貴重

なお時間をこのような形で奪ってしまい、大変申し訳ございませんでした。すぐに担当者を呼びますのでお名前をいただけませんでしょうか」

正直ももやもやするが、今はこの男の怒りを収めるのが先である。

そうやって千珠も麗も言葉を尽くして、頭を下げ続けていたのだが――。

「は？　だから覚えてないのが失礼だって言ってんの！　そもそもカウンター越しで誠意がないよ。どういうつもりか、こっちに来て説明なさいよ」

「……申し訳ございません」

「謝るんじゃなくてっ！　説明しろって言ってるだろうが！　いや、ほんとこの会社の女性社員は全員失礼だな！」

男は怒りがまだ収まらず、大きなため息をつく。その言葉に麗がカウンターを出ようとしたので、見えないように腕をつかんだ。

（出たらだめ！）

目に力を込めて麗に告げる。

そして千珠は腹をくくった。

（よし、私が出よう）

千珠は麗の背後を通りながら、

「あいつが手出したら、すぐ警備員呼んで」

と、小さな声で囁き、カウンターを出たのだった。

＊　＊　＊

「健太郎、どうした？」

「あ、伯父さんすみません……」

健太郎はふっと笑って、スマホをバッグの中に滑り込ませる。

移動中とはいえ社用車だ。私用のスマホを見ていい時間ではない。

「なんだ～、噂の彼女か？」

茶目っ気のある伯父はニヤニヤしながら、健太郎のスーツの腕をつんつんと指で押してきた。

「もう、子供みたいなことやめてくださいよ」

健太郎はあきれながら肩をすくめ、後部座席で足を組み替える。

伯父はエール化粧品の常務で、創業者一族でもあるのだが、妙にフットワークが軽く甥《おい》っ子の恋愛事情にやたら興味津々だ。健太郎が新入社員で入社したときなど、伯父が見つけてきたどこぞの令嬢と光の速さで見合いさせられそうになり、逃げ回ったのも記憶に新しい。

それからも折に触れて女性をあてがおうとするので、千珠に再会してすぐに『気になる子がいるから』となんとか見合いを断ったくらいである。

その『気になる子』は今は彼女、なのだが。

初恋の彼女との運命的な再会から彼女を手に入れるまで、我ながらものすごく頑張った。

今、千珠の心を自分のモノにしなければ、きっと一生後悔するというレベルで必死になったのだ。そのおかげでなんとか一応恋人になったはずなのだが、仕事が忙しすぎてまったくデートすらする暇がない。

(展示企画が終わったら、どっか旅行でも……)

そんなことを考えていると、

「そういえば健太郎、午前中にわざと女子社員を無視しただろう。あれがきみのかわいい恋人かな」

「ゲホッ……！」

いきなり指摘されて、息が止まりかけたしむせかえった。

「えっ、はっ⁉」

「ほら、会議終わって移動してるときに、きれいな子とすれ違っただろ？　猫みたいな顔した……目じりがきゅっと上がってて、でもどっか子猫みたいなあどけない雰囲気がある……」

「――」

ズバリ指摘されて健太郎は苦虫をかみつぶしたような表情になった。

そう、伯父の言っているのはまさに千珠だ。午前中、経営企画会議が終わって移動するところで、会議室の片づけに来たらしい千珠とすれ違った。

伯父の目さえなければ、適当な理由をつけて千珠を呼び止め、誰もいなくなった会議室に連れ込んでキスくらいしただろう。

だがあの場には伯父もいた。気づかれたくなくてなにも知りませんよ、という顔をして通り過ぎたのである。

「なんで……」

ぼそぼそと尋ねると、

「無視しようと意識してたからねぇ」

とあっけなく言われてしまった。恥ずかしすぎる。

こうなったら隠しても仕方ない。

「まぁ、そうですよ。彼女、受付で働いている派遣社員で……でも、昔から知ってる女性なんです。適当に付き合ってるとかじゃないんで」

言い訳のように口にすると、伯父はふっと笑って健太郎の膝をとんとんと叩いた。

「お前が適当に、女性社員に手を出す男だなんて思ってないよ」

「――なら、いいんですけど」

「そうだ、今度うちに連れておいでよ」

「いやです」

名案だと言わんばかりににっこりされて、慌てて首を振った。

「どうして？　年末に本家に連れていくなら、うちで味方作っておいたほうがいいだろ」

健太郎はもうすぐ二十八になる。

将来的に婚約、結婚となれば数年の準備が必要で、紹介するならやはり年末年始、もしくはクリスマスあたりがいいのではないかと思ったらしい。

「伯父さんの言いたいこともわかるんですけど……そんなことしたら、逃げられそうで」

伯父の提案に健太郎はクスッと笑って、肩をすくめた。

「逃げるって、お前から？」

「彼女、俺の実家のこととか……全然プラスに働いてないんですよ」

自分で言って虚しくなるが事実である。

社内の健太郎狙いの女たちは、基本的に田乃家健太郎のバックボーンを第一に見ている。

日本有数の化粧品会社の常務の甥っ子で、父方は江戸時代から続く東北の大庄屋であり、地主の一族だ。

一生かかっても使い切れないほどの資産は、ここ数年の円安も相まって信じられないくらいの複利を生み出している。地元に帰れば身内は県知事だし、田乃家の名を持つグループ企業は子会社、孫会社まで見れば百はくだらない。

だから誰も、田乃家健太郎というひとりの男のパーソナリティなど見ていない。

だが千珠は違う。

健太郎を女の子と間違ったまま惜しみなく親切にし、それなりに見栄えのする男になった今でも、社内で田乃家の実家のことを聞かされても『だからなに……？　この人がお金持ちでも私には関係ないですよね』というさっぱりした態度を貫き通している。

（俺との将来なんて、微塵も考えてないんだろうな……）

ちなみに健太郎はめちゃくちゃに考えている。

初恋の女の子を逃がすなんて、絶対にありえない。

許されるならすぐにでも婚約したいし、結婚したいと思っていた。

だが千珠のことだ、今の段階で伯父と会わせて結婚を匂わせたりすると、自分には荷が重いと逃げ出す確率のほうが圧倒的に高いのである。

（つんつんした美人に見えて、自己肯定感が高くないんだよな……）

なにしろ二十年以上、隣の家に住む幼馴染に片思いしていたほどだ。思い切りはいいし、大胆ではあるが、同時に中学生女子のようなピュアさもある。資産家の息子と結婚したいなど一度も考えたことがなさそうだった。

「だから、当分は放っておいてくれると嬉しいです。俺なりに距離を詰めていきたいんで」

「わかった……いや、お前が好きになった女性なんだ。素敵な人なんだろうね。なにかあったら相談しなさい」

「はい。とりあえず、うちの両親や姉たちには黙っておいてくださいね」

「ウッ……」

伯父は胸のあたりを大げさに押さえて、うめき声をあげた。

「そういうの、嫌われますよ」

「知ってる。娘たちにすっごいいやがられてる」

伯父はトホホという顔をしながら優雅に脚を組み、

「でも親戚の伯父さんとしてはいっちょかみしたかった……」

と、性懲《しょうこ》りもなくつぶやいたのだった。

まったくもう、と呆れるが、健太郎はこの伯父が嫌いではないし、そもそも嫌いなら就職先にエール化粧品を選ばない。

ちなみに彼の子供たちは、娘ばかりで息子がいない。孫も全員女の子だ。だからなのか健太郎のことを子供のときから実の息子のようにかわいがっていて、仕事先のちょっとした会食に健太郎を伴うことも多かった。

今日もそうだ。久しぶりに社員食堂でランチが取れそうで、千珠に連絡を取ってみようかと思ったところでいきなり呼び出され、半ば強引に赤坂《あかさか》の料亭に連れていかれたのである。

（まぁ、食事相手が歌舞伎役者とは思わなかったが……）

歌舞伎で使われている化粧品の多くは、舞台用の商品を製造している化粧品メーカーのものだ。エール化粧品では製造されていない。となるとなにかコラボ商品でも出すのかもしれない。最近では若手の歌舞伎俳優が中心となって、アニメやゲームを歌舞伎で上演することも珍しくなくなった。

「国内シェアナンバーワンだからって、あぐらをかくわけにはいかないよ」

伯父がいつも口にしていることだ。

ただ、今回の会食は純粋に贔屓連《ひいきれん》――後援会会長として顔を出しただけ、だとは言っていたが、そのうち歌舞伎とのコラボもあるだろうと、健太郎はなんとなく考えたのだった。

（帰ったら資料まとめるか……歌舞伎は付き合いで何度か見た程度で、まるで知識がないし）

そんなことを考えつつ、やはり先ほどの千珠の『送信取り消し』が気になった。

（千珠、全然わがまま言わないから、気になるな……）

社用車は気が付けばエール化粧品本社の近くまで来ていた。

「伯父さん、歩いて社に戻るんで降ろしてください」

「ああ、そうだな」

伯父の合図で運転手は徐行しながら車を停車する。

健太郎は後部座席から降りると、走り出す車を見送った。

懐かしい、千珠とお茶を飲んだコーヒーショップの前である。

「……あいつ、甘そうなクッキー食べてたな。差し入れしてやるか」

健太郎はくるりと踵を返しコーヒーショップへと足を踏み入れ、チョコチップクッキーやマフィンを買い込み、社へと戻ったのだが――。

エントランスに足を一歩踏み入れたところで空気の異変に気が付いた。

何事かと見ると、受付の前でスーツ姿の男がわぁわぁと騒いでいる。

「――」

目を凝らすとカウンターの前に千珠が立っていた。

ただでさえ白い彼女は、顔を蒼白《そうはく》にしつつも唇を引き結び、男をまっすぐに見据えている。

その瞳は、健太郎がまだ十五歳の美少年だった頃に見た、あの瞳にそっくりで――。

「おいおい……」

いやな予感がする。

気が付けば健太郎はそのまま床を蹴り、人込みをかきわけて走り出していた。

＊　＊　＊

本当は心臓が口から飛び出しそうなくらい、ドキドキしていた。

だが怯えていると気づかれたら、そこにつけいれられる。

千珠は背筋を伸ばし、男を見据えた。

「受付がひとりしかいなかったことで、ご不便をおかけしたことはお詫《わ》びします。ですが、これ以上ここで大きな声を出されても、ご対応はできかねます」

「――は？」

「弊社にはお仕事で来社されたのですよね。お客様の要求はいったいなんなのでしょうか。私たちに土下座しろとでもいうのでしょうか。これ以上威圧的な行動をとられるのであれば、警備員を呼びます」

「っ……」

どこの誰だか知らないが、自分より弱い女子供にしか殴りかかれない、通り魔のような男に負けてなるものか。

奥歯をぎゅっとかみしめて目の前の男を見据える。

(ストレス発散のサンドバッグになんかなってやらないからね……！　っていうか……あれ……こいつ、どっかで見たことあるような……)

頭が冷静になってきたのか、視界の解析度があがったようだ。

それなりに上等なスーツや時計、靴、そしてそこそこ整った容貌。

女を下に見ておきながら、同時に性的な色を隠さない、気持ち悪い眼差し。

千珠もそれなりに人の顔を覚えるのは得意なほうだ。

(思い出せ、思い出せ……)

頭をフルに回転させた千珠は、次の瞬間、ぴんと来た。

「あなた……二か月くらい前に、そこのコーヒーショップでナンパしてきた人？」

ぽつりと口にした瞬間、男がカーッと顔を赤くした。

バレた、というような表情に、千珠もまた、思い出したことよりも全身から汗が噴き出すようなショックを受けていた。

「えっ、もしかして私がここにいると知って、嫌がらせしてきたんですか？　報復的な？」

「あっ……ち、ちがっ……」

「なにが違うんですか？　恥かかされたっていう逆恨みですよね？　だから気の優しそうな彼女に理不尽なこと言って突っかかってたんですか？　はぁ……？」

千珠は茫然としながら怒りに体を震わせる。

（そういえば、あのときも『近くで働いてるよね？』みたいなこと言ってたわ……。職場がバレてたんだ……！）

無理無理無理無理。

千珠はふーっと息を吐き、大きく吸いながら肩越しに麗を振り返った。

「警備員呼んでください。ストーカーです」

麗がはじかれたように内線電話を取り、受話器を耳に押しあてる。

その瞬間、

「やめろ、違うって言ってるだろ……！」

男が慌てたように、カウンター越しに麗に飛びかかった。

それを見た千珠が慌てて男の横からタックルをする。

そう、したはずだったのだが。

ウエストのあたりをグイッと引っ張られて、体が引き戻される。

と同時に、男には反対側からスーツ姿の青年が飛びかかって、カウンターに押し付けていた。

「木村さん！」

麗が叫ぶ。

そう、夏生だった。肩で息をしながら、夏生が背後から男を拘束している。

彼はじたばたと暴れる男を押さえつけたまま、

「麗ちゃん、警備員呼んでね」

と、安心させるようににっこりと微笑んだ。

「は、はい……」

こくりとうなずいた麗は、もう一度受話器を手に取り、警備員を呼んだ。

(よ……よかったぁ～～！)

ホッとしつつ息を吐いたところで、

「お前は馬鹿なのか？」

耳元で低い声が響く。

ハッとして振り返ると、今度は死ぬほど怖い顔をした田乃家と目が合った。

久しぶりに面と向かって会話ができているという喜びと、まずいところを見られてしまったという冷や汗と、怒っている田乃家が辛そうなので、千珠の情緒はぐちゃぐちゃになっていく。

「えっ、アッ……や、そのっ」

なんとか言い訳をしたいが、全然出てこない。

「ほんとその、危ないところに突っ込んでいく癖《へき》やめてくれ」

「いやそんな、へきとか言われても……」

「や、め、て、く、れ」

「ッ、はいッ……！」

念押しのやめてくれ、に千珠はもううなずくしかなくて――。

数名の警備員が走ってくるのも見えたし、エントランスにいつの間にかめちゃくちゃ人が増えていたのもわかっていたけれど、千珠の肩に顔をうずめたまま、微動だにしない田乃家を振りほどくことはできなかった。


その後、千珠はめちゃくちゃ怒られた。対応を間違ったというよりも、身を守るカウンターから出たことを叱られたのだ。

「警備員を呼ぶのに抵抗があったら、総務にでも連絡をくれたらいいから。あなたたちが矢面に立つ必要なんてないんだよ」

総務部の部長に何度も念押しのように言われて、千珠と麗は反省しつつ、しょぼしょぼしながら総務部を出た。

「麗ちゃん、外真っ暗だよ」

「そうですね……」

ちなみに夏生が対応予定だったセクハラ社員が、あの男だったらしい。約束の時間になっても連絡がないので、夏生はエントランスに下りてきたのだとか。

前々から問題社員として有名だったらしいが、取引先とはまた他の会社の創業者一族らしく、彼をコネで押し付けられた取引先の精密機械会社も邪険にできなかったのだとか。

ただ今回はさすがにかばい切れる問題ではなく、まず間違いなく処分は下るはずだということだった。

（ということは、取引先にとってもよかったってことか。誰も損はしなかったんだ）

ふたりで報告書を書き終え提出すると、時計の針は九時を回っていた。

のろのろとロッカールームで並んで着替えていると、千珠のおなかがきゅる、と音を立てた。

「めっちゃおなか空《す》いた……」

ノースリーブのワンピースの上にカーディガンを羽織った千珠は、ぺったんこのおなかを撫でながら、ため息をつく。

家に帰るまで持つだろうか。

そんなことを考えていると、

「千珠さん、帰りにごはん行きませんか」

と、麗がはっきりした声でつぶやいた。

「え？」

「今日はもう、ダイエットとか考えずに糖と脂肪と炭水化物とアルコールを思い切り摂取したい気分ですっ」

麗はきゅっと唇を引き結び、千珠を見上げる。

彼女の明るい茶色の瞳はキラキラと輝いていて、そのきらめきに千珠は見とれながら、「うんっ」とうなずく。

「あのね、私、いい居酒屋知ってるんだ。燻製《くんせい》したベーコンが入ってるポテサラがおいしくて！」

マシュマロとわたあめでできていそうな、きらきらかわいい麗にポテサラを食べようなんておかしいかと思ったが、

「ポテサラがおいしい居酒屋に外れはないですよね！　ビール飲みましょう、ビール！」

麗は力強くうなずいてくれた。

そうとなれば善は急げだ。

ふたりはドーンと思いっ切りロッカーを閉めると、そのままの勢いでロッカールームを飛び

出す。

メイクなんてなおしていない。

だって今から油っぽくなるし！

ふたりがカツカツとヒールの音を響かせながらエントランスに向かうと、

「千珠！」

「麗ちゃん！」

と、ふたりの男が慌てたように近づいてくるのが見えた。

田乃家と夏生だ。どうやらふたりで待っていてくれたらしい。

「大丈夫か？」

田乃家が慌てたように千珠の両肩に手を置き、顔を覗き込んでくる。

「うん、大丈夫。なんともないです」

「あいつのことはもう使えるもの全部使って、近づかせないようにする。東京から追い出す。なんなら日本から追い出す」

「あはは」

ものすごく物騒なことを言うなぁと笑ったが、彼の目は恐ろしく真剣だった。

（えっ、本当に？）

まさかと思いつつ、千珠はうなずいた。

「そうしてくれたら助かる……かも」

ああいう男がのさばるのは、ほかの当たり前に真面目に生きている男性にとっても迷惑極まりないはずだ。

「なぁ、千珠。今日はもう俺もあがれるから、一緒に過ごそう。気晴らしにメシ行こうか。行きつけのフレンチを押さえてある。その後、ホテルのスイートでゆっくり過ごそう」

千珠の手を取り、指を絡める田乃家の瞳は色っぽかった。

だがその瞬間、千珠の耳に麗の声が届く。

「木村さん、ごめんなさい。私今から、千珠さんと飲みに行くんですよ」

どうやら彼女も夏生から食事に誘われたようだ。そして麗はうふふと笑いながら、隣の千珠を見つめてくる。

その瞬間、千珠もそのとおりだと思った。

今は彼氏に優しくしてもらってフレンチを食べるよりも、一緒に戦った戦友とポテサラをつまみに話がしたい。

「うん、そうだよね。ポテサラ食べるよね」

千珠はえへへと笑いながら田乃家の手をぎゅっと握り返すと、

「ごめんね、そういうことだから。気が向いたら二軒目で連絡するから！　じゃあね！」

パッと手を放して麗の腕にしがみつく。

「行こう、麗ちゃん」

「はいっ、飲みましょう！」

そして千珠と麗は二人並んで、立ち止まることなくエントランスを出ていく。

残った男たちは驚いたように顔を見合わせたが、

「――二軒目の連絡、待つか」

と、肩をすくめ笑ったのだった。

番外編　抱っこしないと眠れないから

春、木々の葉がみずみずしく輝く四月の半ば。

千珠は引っ越したばかりの田乃家の部屋に遊びに来ていた。マンションは低層タイプで、周囲を緑に囲まれた閑静な住宅街にある。

ちなみに引っ越しが終わったのは十日ほど前だ。学生時代からずっと目黒《めぐろ》の高級マンションに住んでいた田乃家だが、唐突に引っ越したくなったらしい。

ちなみに千珠は、夏生が引っ越したから対抗意識を燃やしたのだろうと思っているが、口には出していない。千珠の恋人はなかなかに嫉妬深い男なのだ。

南青山《みなみあおやま》に引っ越した彼の部屋はかなり広めの１ＬＤＫで、シンプルモダンなインテリアに囲まれ、インテリア雑誌から抜け出してきたような洗練された佇《たたず》まいだ。

どこを見てもおしゃれで、ほれぼれするような雰囲気である。

（あのフロアスタンド、雑誌で見たことある……三十五万円するやつ……！）

いったいどんな人が使うんだろうかと思っていたが、どうやら田乃家がそのタイプらしい。

「あとでお前のあれこれ、買いに行こうな」

どこかあやすような田乃家の口調に、

「あれこれって？」

千珠は首をかしげた。

特に記念日も近くないし、誕生日でもない。なにかを買ってもらういわれはないはずだ。

海外ブランドのソファーに座って、ほわぁ〜と部屋を見回していた千珠が顔をあげると、

「パジャマとかシャンプーとか化粧品とか、いるだろ」

家主である田乃家はさらりと言って、ローテーブルの上にドリップしたコーヒーを置き、さらに薄い銀色のカードを差し出してきた。

「これ、ここの鍵。エントランスから玄関のドアまで全部これで開くから」

「……ありがとう」

合鍵を貰ったのは人生で初めてだった。

要するにこれは、いつ来てもいいというお墨付きなのである。

（うわぁ……私、本当に恋人なんだ）

少し緊張しながらカードを眺めていると、田乃家がソファーの隣に腰を下ろし、背もたれに

腕を回し、顔を近づけてくる。

「なぁ、千珠」

「部屋の鍵は嬉しいけど……でも私、この部屋にはあまり泊まらないと思うから、私のモノをわざわざ買わなくてもいいよ？」

カードをテーブルに置いた千珠は、コーヒーのいい香りをすうっと吸い込み、それから口をつける。

本当においしいコーヒーというのは、ブラックでもぐびぐび飲めるんだなと知ったのは、彼が淹れるコーヒーを飲ませてもらってからだった。

（あぁ、おいしい……）

ほわっと頬を緩めていると、

「泊まらないって、なんでっ？」

かなり強い口調で、田乃家が千珠の両肩をつかみ、引き寄せる。

「ひゃっ……！」

危うくコーヒーがこぼれるところだった。ローテーブルの上にカップを置き、千珠はゆるゆると首を振った。

「いや、絶対に泊まらないってわけじゃないんだけど。でもそんなシャンプーとか買ってもらうほどは泊まらないかなって」

千珠としてはやんわりと断ったつもりだったが、田乃家は引かなかった。

「俺は毎週末、うちに来て欲しいんだけど。だから会社帰りに便利なこっちに引っ越したんだし」

「えっ、そうだったの？」

てっきり夏生への対抗心だと思っていた千珠は、驚いて目をぱちくりさせつつ、改めて部屋を見回した。

ベージュとグレーと幾何学模様で構成された部屋は恐ろしくシックで落ち着いており、田乃家のビジュアルとよく似合っていると思う。

「……」

「なぁ、千珠。やっぱり俺の身内に引いてるのか？」

田乃家は大きな手で無言の千珠の頬を包み込むと、こつんとおでこを合わせ囁く。

「クリスマスパーティーと、年始のパーティー、あと春の茶会にも付き合ってくれただろ。お前はニコニコ笑って楽しそうにしてくれてたから、甘えたけど……負担に思ってるなら、もうそういうのはやめるから……」

千珠の目のきわの、薄い皮膚のあたりを優しく指でなぞりながら、田乃家は切なそうに囁く。

そんな彼の言葉に、慌てて千珠は首を振った。

「パーティーは緊張したけど、楽しかったよ。お茶会も。華やかな行事は嫌いじゃないし」

田乃家がその都度、驚くほど美しいドレスや着物を用意するのは恐縮してしまったが、それで田乃家と距離を取ろうなんて考えたことはない。

「だったらなんで……」

田乃家が不満そうに唇を引き結ぶ。

ここは正直に話すしかないようだ。

「――私ね、寝るときはぬいぐるみがないと落ち着かないの」

「は？」

田乃家が切れ長の目をぱちくりさせる。

「だからね……私の部屋、ぬいぐるみだらけなの。物心ついたときから抱っこして寝てたから、ないと落ち着かないのよ。たまの外泊ならいいけど、毎週とかはたぶん無理だなって思って。ごめんなさい」

そしてこの話は終わったと思ったのだが、次の瞬間、

「ぬいぐるみくらい、いくらでも置けばいいだろ！」

と、ビックリするほど大きな声で田乃家が叫んだので、千珠はソファーから転げ落ちそうな

くらい、仰天してしまった。

「で、でもすっごくおしゃれな部屋だから。ぬいぐるみを置いたらインテリアの邪魔になっちゃうよ……」

千珠はかわいいものが大好きだが、他人にそれを強要するつもりは微塵もない。

この部屋は田乃家が落ち着ける場所なのだから、彼にとって居心地がよくてはならないはずだ。

だが田乃家は断固として譲らなかった。

「いや、だからって天秤《てんびん》にかけられるわけないだろ！　俺は子供ができたら、インテリアが崩壊したとしても、部屋中がパンが擬人化した例のやつに占拠されたって構わないって思ってる！」

「えっ、子供っ？」

いきなり論理が飛躍して、千珠の顔はみるみるうちに真っ赤に染まっていった。

「——あ」

そして田乃家も、己の口からこぼれ落ちた本音に気づいて、しまったと口元を手のひらで覆う。

「悪い……こういうこと言うのがまずいってわかってるんだけどな」

「や、ううん……その、ありがとう」

正直言って結婚なんてまだ考えられないし、子供なんてまったくピンとこないが、田乃家が真剣に自分を思ってくれていることが嬉しい。

千珠はゆっくりと息を吐くと、田乃家が着ているカットソーをつまんで、くいっと引き寄せる。

「じゃあ、今日は泊まっていく」

「いいのか？」

「代わりに健太郎さんを抱っこして寝るから、イイデスヨ……」

なんだか恥ずかしくて、若干片言になりながらそう告げると、

「ッ……！」

田乃家は若干ひきつりながら息をのみ、それから「あー」とか「うー」と言いながら、千珠を抱き寄せる。

「……夜まで待てないんだけど」

(――私も)

心の中で呟きながら、千珠も田乃家の背中に腕を回したのだった。

END

あとがき

おひさしぶりです、あさぎ千夜春《ちよはる》です。

このたびは『彼氏面するタノイエくん』をお手に取ってくださって、ありがとうございました。ヒロインの千珠、彼女に恋する田乃家。さらに幼馴染や同僚を巻き込んだ、オフィスラブらしいオフィスラブを書いたのは久しぶりだったので、私個人的にはとても気に入ったお話になりました。

楽しんでいただけたら嬉しいです。

本来ならこの本は去年後半に出るはずだったのですが、夏にちょっと体調を崩しまして、原稿が遅れ、担当さんや編集部にも迷惑をかけてしまいました。反省……。

さらに引っ越しやらなんやらでバタバタしましたが、ようやく落ち着いてきたので、今年は健康になる！　を目標に細く長く続けられるよう、努力したいと思います。

もうあちこちガタが来てる。若くないから……。

親のほうがよっぽど元気です。見習いたいくらい。

それではこの辺で。

素敵な表紙を描いてくださった無味子《むみこ》先生、ありがとうございます。

またお会いできたら嬉しいです。

あさぎ千夜春

ルネッタブックス

オトナの恋がしたくなる♥

「俺なしでは生きられなくしてやる」

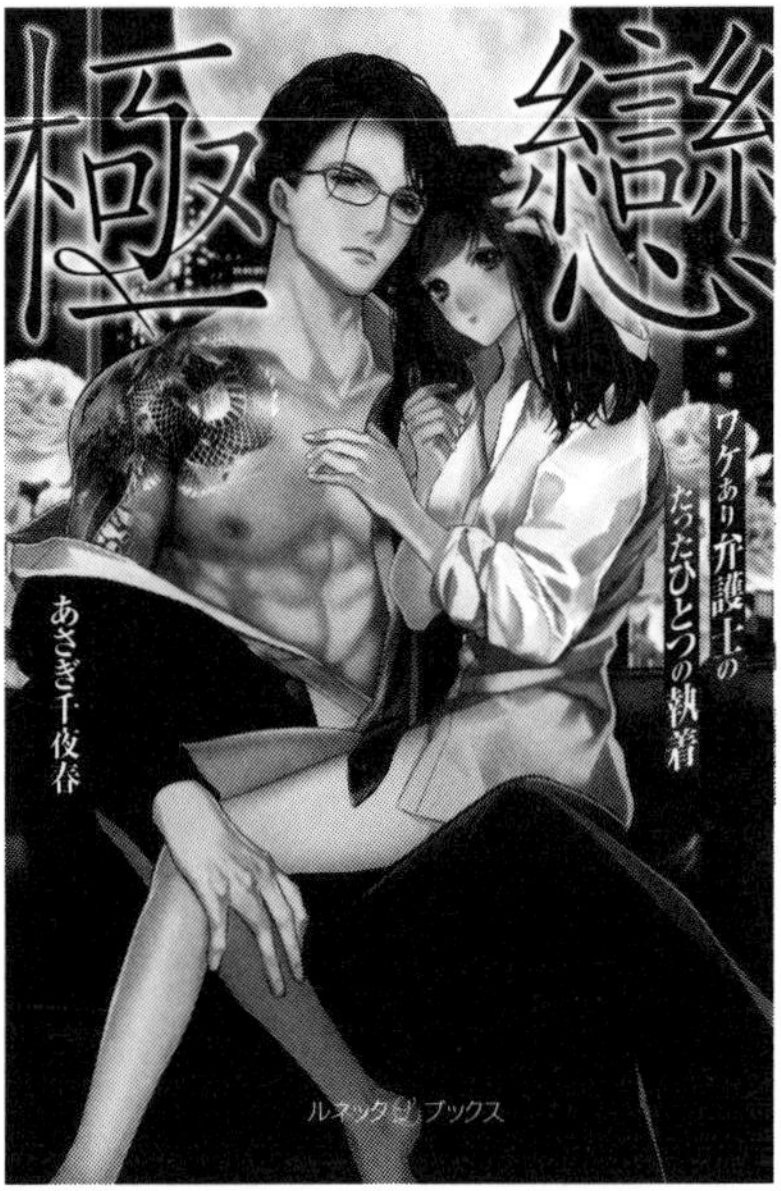

再会したあの人は、百獣の王のごとく極上の男だった

ISBN978-4-596-41432-8 定価1200円＋税

極戀

ワケあり弁護士のたったひとつの執着

CHIYOHARU ASAGI

あさぎ千夜春

カバーイラスト／北沢きょう

仕事先で高校時代の先輩・悠生と偶然再会した紬。ヤクザの婚外子として悪い噂が付きまとっていた悠生は、十年後の現在、弁護士として独立していた。惹かれ合いながらも何も告げないまま別れた二人だったが……。「俺ともっとしたいって言えよ」かつての想いを埋めるように、紬の心とカラダを翻弄してくる悠生の独占欲に、溺れるように落ちていく――。